ぼくが13人の人生を生きるには身体がたりない。

解離性同一性障害の非日常な日常

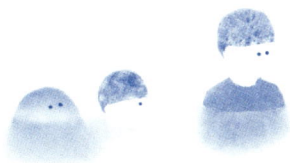

我的身体里住不下13个人

——分离性身份识别障碍人士的非日常的日常

上海译文出版社

[日] 晴——著　　杨婉蘅——译

走ること 圭吾
数学と物理 圭一
量子力学 悟
絵が好き 灯真
本を読むのが好き
Profile.
勉強をすること 裕士
写真を撮ること 洋祐
ロボットを作ること 航介
皿洗い 駿

我与12个分身

1 主人格晴(23岁)
在日托公司工作的保育士。目标是考取社会福祉士。

2 洋祐(23岁)
爱好摄影。负责照看晴以及统管全体人格。

3 圭一(25岁)
很酷的理科男。管理全体人格的钱包和日程。有洁癖。

7 灯真(?)
坚持"劳动本恶"的信条。喜欢画画。

8 航介(17岁)
爱好电路设计和机器人制造。

9 付(17岁)
喜欢在深夜徘徊,具体行为不明。似乎和悟的关系不错。

4 结衣（16岁）

唯一的女性。特别喜欢岚的二宫和也。对时尚很敏感。

5 春斗（6岁）

喜欢算术、飞机和虫子。看到清扫车会忍不住想追。

6 悟（13岁）

喜欢植物，正在种香草。也喜欢数学和物理。对味觉和疼痛有点敏感。

12 骏（18岁）

对声音敏感，所以一直使用电子耳塞。喜欢机器人。

10 圭吾（19岁）

在有人遇到危险的时候会出现，负责逃跑或者保护别人。

11 悠（14岁）

性别为中性。爱好读书和睡觉。喜欢的作家是梦野久作和山田悠介。

13 飒（15岁）

不善与人交谈。喜欢绳子和活动身体。经常蹦跳和下腰。

目 录

序

　　大家好。我是晴的分身之一，我叫洋祐。这个故事的主人公晴患有分离性身份识别障碍（Dissociative Identity Disorder），就是从前人们所说的多重人格障碍。晴被诊断为分离性身份识别障碍是在18岁的时候，现在，他的身体里面住着包括晴在内的13个分身。

　　上文中用"他"指代，是因为晴自己的性别认同为男性，尽管他出生时的性别被划分为女性。就是说，晴有着与自己的生理性别不同的性别自我认知，即性别认同障碍（Gender Identity Disorder），他是在16岁的时候将此公开的。

　　顺带说一句，晴在2018年春天，即21岁的时候，又被诊断为ADHD（Attention-Deficit Hyperactivity Disorder/注意缺陷与多动障碍）。

　　总之就是各种"Disorder（障碍）"，说多了大家一时也很难消化，我们这些分身就住在一个名叫晴的稍微有点复杂的人的身体里，也可以说我们在分享他的身体。

　　本书就是主人格晴和12个分身给大家讲一讲——上文用了"故事"这个词，也可以这样说——关于我们的现实生活的故事。

从外表看来，晴就是晴，但是他的内心有些复杂。所以在这里还是要进行一个简单的自我介绍。

首先就是我，我叫洋祐，今年23岁，和晴同龄。爱好是摄影。我和下面将要介绍的分身圭一一起，作为晴对外沟通的窗口兼守护者。

用一句话来概括，那就是圭一是一个很酷的理科男，今年25岁。十分擅长数学和物理，对编程也是手到擒来。他不擅长社交，但是特别认真、诚实还有些洁癖，会帮我们管理日程和财务。对我来说，他是能够一起协助晴生活的非常值得信赖的伙伴。

除了我（洋祐）和圭一以外的其他分身大多都不会变老，从诞生之日起就是现在的年纪。他们诞生的缘由会在后面的故事里讲给大家听。

我们当中最年少的是6岁的春斗。他特别喜欢算术和飞机还有虫子，还有一个看到道路清扫车会不由自主地去追的癖好。飞机他喜欢全日空①的。春斗和年纪第二小的悟都对"出租什么也不做的人"推特账号②非常依恋。

悟13岁，特别喜欢植物。他在院子里种香草，总是期盼着收获的日子。他还喜欢数学和物理，与同是理科出身的"出租先生"十分投契。据悟说，他"最喜欢和'出租先生'可以毫无顾忌地谈论理科话题"。悟有点口吃，所以平时不太讲话。但是和"出租先生"就不会这样，最近他痴迷于解"出租先生"出的作业题。

---

① 日本一家航空公司，亚洲最大的航空公司之一。—— 译者（本书所有的注释均为译者注，后文不再标示。）

② 从2018年开始提供派遣"什么也不做的人"服务的森本祥司先生的推特账号。主要服务内容为聚会凑人数、帮人排队、倾听他人讲话等。后文提及的"出租先生"也是指"出租什么也不做的人"。

比悟依次年长的7个分身之间几乎都相差一岁。也有同龄的，不过大多数差一岁。

14岁的悠是所有分身里唯一一个性别不明的，或者说是中性的。悠喜欢读书和睡觉，性格老实，不过最近基本不出现。理由在后文中会提到。

比悠大一岁的是15岁的飒。他有ASD（Autism Spectrum Disorder/孤独症谱系障碍）以及智力发育迟缓的倾向。请注意这并不是医生的诊断，只是我们自己的判断。不管怎样，他因此只能进行简单的对话，他喜欢绳子类的东西，还喜欢活动身体，经常蹦跳以及下腰。

如果说悠是所有人中唯一的中性，下面跟大家介绍的结衣就是唯一的女性。她是一个特别喜欢组合岚^①的成员二宫和也的16岁女孩。正是对可爱的东西和时尚十分敏感的年纪。所以，如果我们一群男生去理发店搞个随意的发型总会把她气坏。尤其是圭一对时尚一窍不通，他们两个常常争吵，或者不如说是圭一总是被结衣数落。各位读者可能觉得结衣是个脾气很差的女孩子，其实除了圭一以外，她对人还是非常友善的。

17岁的航介喜欢设计电路和制造机器人。我们的胳膊上有他焊接电路板时留下的烫伤的伤痕。

17岁的分身还有一位，就是付。他是一个喜欢在深夜徘徊的男孩子。一入夜，他做什么就无人知晓了。早上起来如果我们满身是泥，那大概就是付的杰作。

18岁的骏和航介一样喜爱机器人。他对声音极为敏感，为了与

---

① 原文为"ARASHI"，1999年出道的杰尼斯事务所旗下的男子偶像歌唱团体，由队长大野智、樱井翔、相叶雅纪、二宫和也、松本润5名男子组成。

人顺利交流，他必须佩戴电子耳塞以屏蔽噪声，比起说话，他更擅长跟人笔谈。

19岁的圭吾，这个分身与悠差不多，都几乎不会出现。不过，如果出现什么奇怪的人来纠缠，或者我们遇到危险的时候，他会负责逃跑或者保护我们。

还有一个人，是个叫灯真的男孩子。只有他的年龄不详。灯真喜欢画画，坚持"劳动本恶"的信条，是个自由不羁的人。

上述这些就是我介绍的截至目前的12个分身。当然，一下子听到12个人的名字和性格对读者们来说可能一时间很难消化，大家只要记住"有好多好多人"这一点来阅读此书即可。

还有，刚才我用"截至目前"这个词是因为今后还可能出现其他的分身，或者有些分身会消失。没人说得准。尽管有太多的不确定因素，但是正是这些人格们一起努力，我们才能活着。今天也不例外。

1. 没有记忆

与分身同居,每天就像合租

洋祐　　　结衣

讲述人：

一切为了晴能够安全运行　　讲述人：洋祐

　　上文说到，在这个叫晴的人的身体中，存在着包括我（洋祐）在内的13个人格。那么，我们是如何存在的呢？如果将我们的存在进行图解，那就差不多如下图所示。

　　在我们的大脑中央，有一张大圆桌。四周围着几把椅子。桌子就像中餐用的圆桌一样。分身代替主人格晴的时候，就会坐在正中央。坐在这里的人格可以进行与人交谈、坐车、吃饭、学习、购物等这些普通人的日常行为。我们将这个座位称作"驾驶舱"。这是因为春斗太喜欢飞机了。当然，这也意味着我们可以操纵晴的身体。

　　分身坐进驾驶舱的时候，其他的分身就在他的后方聊聊天，时不时地瞅一眼他和外部的交流情况，或者睡个觉什么的。

　　比如我坐进驾驶舱的时候，灯真和结衣可能就在身后与我攀谈。我也听得到他们的声音。所以，在现实世界中，我与人说话的时候，不只眼前人的声音，我脑海中还能听到分身的声音。不坐进驾驶舱的分身也能看到外面的世界。比如有人跟我（洋祐）说"结衣好可爱"，那么只要结衣在脑海里是醒着的，这个对话就能共享给她。所以自然而然地，我们之间没有任何隐瞒。

　　分身们在脑内"聊天"的时候，这种感觉或许用"直接通过思想

　　　　　　　　1. 没有记忆

脑内示意图
（作画·灯真）

里面是分身们的房间。就像胶囊旅馆一样，各自有门。

分身坐进中央座椅（驾驶舱）的时候，会对外表现出该人格。

每个分身都拥有各自的记忆箱，好像一个书架。除主人格晴以外，分身们可以相互查看和共享记忆

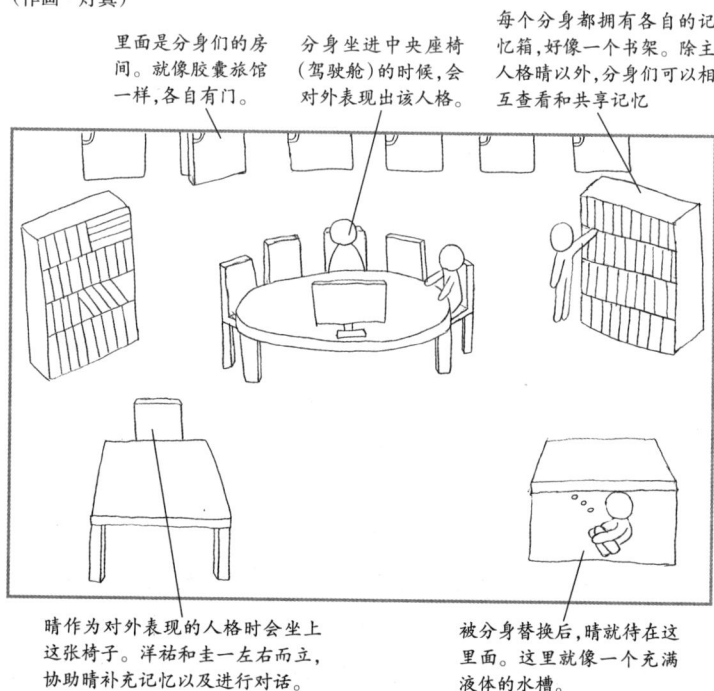

晴作为对外表现的人格时会坐上这张椅子。洋祐和圭一左右而立，协助晴补充记忆以及进行对话。

被分身替换后，晴就待在这里面。这里就像一个充满液体的水槽。

交流"来形容比较恰当。打个比方的话，有时早上看电视时无意间听到的广告音乐可能会在脑海里回响一整天不是吗？分身们的声音在脑海中回荡的感觉与此十分相似。分身说话的语气也很明显。比如前文提到过13岁的悟有些口吃，所以他不仅在作为人格表现出来的时候是口吃的，在脑海里说话的时候也一样。当然，悟本就沉默寡言，只有在想发推特的时候才会提一提要求。

说起推特，晴的推特账号和note[1]账号都是我们一起管理的。就

---

[1] 日本的博客平台。

是说, 我和圭一也会更新, 特别是跟"出租什么也不做的人"相关的数学和物理方面的话题, 都是悟来写的。不过由于悟不擅长操作手机、电脑, 所以基本都是由我替他输入。输入时并不是我坐在驾驶舱, 悟在身后指导我怎么写, 而是悟会事先拜托我:"下次洋祐出来的时候, 如果有时间请帮我写一下这段话。"

那么究竟谁才拥有坐进驾驶舱的权利呢? 原则上, 如果有人觉得"我想出来"或者"我现在不出来不行"的话, 这个分身就可以坐进驾驶舱。比如, 稍后我会提到, 我们在2019年以前曾经在补习班打工做过讲师, 那个时候需要教理科的时候, 自然就是理科最强的圭一出面。

当一个分身表现出来的时候, 不可能被后面的其他人格生生拽回去。同样的道理, 已经表现出来的分身, 也无法拼命阻止其他想出来的分身出来。假设在我出面做补习班讲师的时候春斗也想出来, 我会跟他说"再等一小会儿, 就快结束了", 然而要是春斗并不买账, 非要说"我现在就是要出来"的话, 我也不得不把驾驶舱让给他。

还有, 尽管我身负照看或者某种意义上说算是监视其他分身的任务, 依然会有很多时候无法兼顾所有分身, 或者在该我出面的时候无法正常轮换。身体不舒服的时候, 或者眼前有太多事情要忙的时候, 尤其容易如此。

这时, 我就会先睡一觉。除此之外别无他法。如刚才所说, 我无法强行阻止某个特别想出现的分身, 所以只能让这具身体进入睡眠状态。如果不巧赶上需要打工的日子, 就请个假再去睡。看上去有点简单粗暴, 但是这样让身体出不了门, 起码不会给周围带来麻烦。安全第一嘛。

虽说有这样烦心的时候，但这一年来也算相安无事，所有分身的轮换都很顺畅。曾经有一段时间，分身们对谁来坐驾驶舱争执不下，一度混乱不堪。这种情况与其说是分身们争先恐后，不如说是起因于主人格晴当时还无法接受我们。晴既不愿我们这些分身来占据他的时间，我们也没有找到一个合适的出现方法。

但是最近，晴在面对我们时的心境也发生了变化，他自己出现的时间也变短了。再加上我们也纷纷找到了想做的工作和想学的东西，大家互相理解，虽说不上礼让有加但也算能顺利地保持某种平衡了。

如前所述，某个分身坐进驾驶舱的时候，其他的分身要么睡觉要么醒着。但是，即使是在睡眠状态中的分身，也可以共享当时出面的分身的记忆。因为分身们拥有各自的记忆书架，像电脑备份一样，分身们可以自由查阅这些书架。

不过，主人格晴并没有权限查阅我们分身出现时的记忆。他只有自己的记忆。后文或许还会提到，晴对自己出现时的行为的记忆也在逐渐消失，他自己无法控制。

在分身出现的时候，晴基本上都在睡觉。当他醒来的时候，通常已是下午5点左右，有时干脆昏睡到晚上。晴睡着的时候就躺在前文配图中右下角的箱子里。听结衣说，这个箱子充满了无色透明的黏稠液体，就像一个水槽。

晴醒着的时候，偶尔会和我们一样，在驾驶舱后面看着前面分身的行为，大部分时间他还是会坐进前文配图左下角的专座。这张椅子只有晴可以坐，一旦坐上去，他的人格就会表现出来。但是，刚才也说到，他最近出现得越来越少，加上他也没有分身出现时的记忆，所以当他出来的时候，我和圭一就会站在身后告诉他"上午发生了这样这样的事情，现在是这样的状态"，将信息分享给他。

关十我们的意志,以及必须对室友说清楚的一些话　　讲述人:结衣

大家好。我是分身结衣。就像洋祐刚才介绍的,我16岁,是个女孩子。最喜欢岚的二宫和也。本书当中,主要是洋祐跟各位讲述我们的故事,不过我也想说几句。

洋祐刚才提到过,我们这些分身经常在脑海里对话。洋祐以广告配乐作比,对我来说更像是听广播。这广播感觉就像是有五六个主持人,所以偶尔会听不清到底是谁在说话。不过,好在每个人的音色都不同,也不至于太过混乱。即使是年纪比较接近的圭一和洋祐,圭一声音较为低沉,也不带什么起伏,而洋祐就会更清亮一些,就像清脆的笑声一样。洋祐和主人格晴的声音以及说话方式都很像。

还有,洋祐还说过,我们的脑海中有一个驾驶舱一样的坐席,其实这个位置偶尔也会空着。

比如,前文说的那位"出租什么也不做的人"来我家的那次就是这样。最近13岁的悟对"出租先生"特别依赖,他们俩经常热聊一些物理和数学的话题。但是那次他来的时候,悟好像把该说的话都说痛快了,于是就退了下来。然后,没有其他分身出面接棒。圭一基本上不怎么想跟外人说话,洋祐也不在。或许洋祐当时觉得反正也是在自己家，"出租先生"也在，所以自己也不用随时盯着。结果就是我站出来，跟人家狂聊一通岚的二宫和也，搞得人家十分莫名其妙。

这种时候，尽管分身们都不主动出现，主人格晴也绝不会自告奋勇。晴不是在需要他出现时出现，而是在想出来的时候自会出来。甚至时常在需要他的时候偏偏不出现。

当分身们集体退却的时候，也有可能是因为身体已经疲惫不堪。谁也不会想上一辆油快耗尽的汽车的吧？不仅开不了多远，还有可能停在半路上，实在麻烦。于是，我们的身体尽管醒着却没有人坐进驾驶舱，这样的状态在外人看来可能表现为一种呆滞状态。这时，洋祐或者圭一就会跳出来："这怎么行呢！"然后慌慌张张地赶紧把我们都带回家睡觉。其实就是他们自己回去睡觉了。

下面洋祐可能还会提到，我们平时都有工作，所以一到周日，整整一周的疲劳就都涌了出来，彻底"断电"，睡上一整天也不是什么新鲜事。精疲力竭的时候我们是根本起不来的，如果那个时候没有床就糟糕了。所以必须在能量全部耗尽之前把自己带回床上。

还有，我是分身中唯一的女性。我们中还有个孩子，叫悠，不知道是男是女。反正明确是个女孩子的就只有我。所以万绿丛中一点红的状态，对我来说有点辛苦。

比如这帮男人有个莫名其妙的规矩就是下雨天不要打伞。更不要说春斗那个家伙，恨不得率先淋个湿透。他们都觉得"反正淋湿以后回家洗个澡就完了"，所以连伞也不会好好打。

到了夏天，这些人就没完没了地用手机拍蝉，这种怪异的行为已然成为夏日的必修课。负责拍照的是洋祐，负责找蝉的主力是6岁的春斗。他们的无聊合作导致iPhone相册里渐渐充斥了蝉的照片。而且，夜里也不放过。夜晚蝉鸣渐少，他们便拼命搜寻，找到之后开着闪光灯不停拍拍拍……真是受不了，赶紧回家好不好。

更有甚者，拍一张即可的东西，偏偏要拍几十张再精挑细选。要是像猫狗那样表情动作千变万化，多拍几张也就罢了。可这是蝉啊。换作是我，更想拍一拍漂亮的咖啡店啦、甜点啦什么的，所以一有机会我就拍。然而却完全无法盖过他们拍的无数张的蝉。因此我们的iPhone相册特别难看。

说到虫子，如果他们在外面发现了螳螂，也会抓回家细细观察。但是，热度一过我就让他们赶紧放了，更不能留下来养着。当然，房间里进个苍蝇、蟑螂什么的时候，就由圭一来负责。他会毫不犹豫地拍死它们，对这点我还是心存感谢的……不过基本上，我和圭一总是吵架。

圭一有特别严重的洁癖。如果发现桌子上有橡皮屑，他会用桌面清洁用的扫帚和簸箕小心翼翼地清扫之后再用酒精消毒。灯真喜欢画画，所以常有橡皮屑出现，航介喜欢做机器人，所以金属和塑料碎片四处散落也是常事。圭一曾经踩到碎片扎过脚，那回他可是勃然大怒。

但不管圭一如何强烈要求做好卫生，灯真和航介从来不听。我从旁观察着忍不住想"穿上拖鞋不就好了"，然而最终大家还是对灯真提出的"买个扫地机器人"的建议达成了一致，赶紧在亚马逊网站上下了单。现在我们每周使用两天。当然，因为跟母亲同住，就算我们不打扫卫生，日常照顾我们的母亲也会帮我们做的。

刚说的"母亲"，当然是指晴的母亲。对我们来说无非陌生人而已。晴还是很在乎自己的母亲的。尽管以前发生过很多事情，但毕竟是血亲。由于洋祐和圭一一直以来都在扮演从家庭纷争中保护晴的角色，所以对晴的母亲感情比较复杂。当然，洋祐和圭一从未正面提及过此事，我们这些分身在母亲面前也尽量表现得像晴一样。另一方面，母亲知道晴被确诊为分离性身份识别障碍。但是她好像看不出我们是在尽量扮演着晴。也许吧，谁知道呢。

为了让每个人看起来都"有一点时髦"　　讲述人：结衣

圭一的洁癖还不止如此。他洗澡的时候，绝不会泡除了我们以外其他人泡过的浴缸。我们家除了我们，就只有母亲。如果母亲先泡过澡，那么我们就只能冲个淋浴了。

顺便一说，洗澡的时候都尽量由我出面，因为如果不是我，就连涂个化妆水的人都没有，洗完头发他们也不会记得用护发素。于是，因为圭一不能出现，所以洗澡前他会叮嘱我"千万不要泡澡"。同样道理，我们不管是去温泉还是公共澡堂，都不会进浴池。圭一连进更衣室都困难。我们的身体已经切除了胸部，上半身看起来和男人一样，但没有手术的下身还是女生的样子。因此其实只要是需要脱衣服的公共场所都去不了。关于这一点，如果有不明就里的朋友约我们一起去泡温泉的话，我们就以有洁癖为由来婉拒。这是个很好用的借口。

圭一的洁癖非常彻底。上床的时候一定会说"必须脱袜子"，手捏的饭团也不能吃，必须包上一层保鲜膜来捏才行。然而那么有洁癖的一个人，对自己的汗和污垢还有体味居然没有感觉。

我特别想让其他那些分身们都知道知道，夏天拥挤电车里的大叔身上的气味如何。然而除了13岁的悟对刺激比较敏感能够理解我这种感受之外，其他人都是完全无所谓的样子。由于我们在注射雄性激素，包括腋下在内汗会出得很多，身体的气味也会有所改变。年纪轻轻的，绝对不能有臭味。所以我一直严格要求他们注意体味和口气。尤其是夏天，一定要随身携带擦汗的毛巾和洁面巾。我不要求打遮阳伞，但是起码要涂防晒霜。衣服也不能穿那种让汗渍明显的灰色T恤衫。

最近，我们买了件深绿色的T恤衫。不过深绿色要是湿了颜色也会变深，所以还是白色最理想。但是如果是优衣库那种白色T恤衫反复穿的话，汗渍渐渐会洗不掉。我会坚持"泛黄的衬衫绝不能穿！"，让他们把它扔掉。

包括T恤衫在内的服装选购由我和灯真负责。上衣和裤子都是同样的各买两套。这是为了每天能保持同样的衣着，不论谁出来搭配衣服都不至于影响仪表。裤子就是牛仔裤和束脚裤，这样一来上衣不论搭配什么都不至于难看，上衣通常都选择纯白的衬衫。

尽管圭一管理着大家的钱包，但是要是让他来选衣服就麻烦了。他对自己的外表真的完全没有要求，经常买一些花纹奇特的衬衫之类的东西，让人不禁惊异于"这种东西究竟哪里会有卖的？"，寄希望于他起码买几件无印良品啦、优衣库啦、GU啦什么的，但是就算进了GU，他也会直奔一些完全无法理解的搭配而去。所以，每当需要置装的时候，我就直接命令"圭一不要指手画脚"，然后和灯真一起商量着买。

有时候我也会独自决定买某一件东西。比如我们现在在用的背包。这是岚的成员樱井翔送给二宫和也的同款，在mercari①找了很久才买到。据说是完全防水的，不过以防万一还是要随身携带一

---

① 日本的二手交易平台。

个防雨袋。不这样的话,万一下大雨的时候春斗跑出来疯狂地淋雨,谁都阻止不了他。到时候包里如果正好装着电脑什么就全完了。实际上,以前包里装过的iPod touch就被雨水泡坏过。那个坏掉的iPod touch是航介费了好大力气修好的。

我和圭一总是吵架,不过最近我们终于统一了一次意见。我不会去看岚的演唱会,也不会做什么围堵二宫和也之类的举动,但是只要是他出演的电视节目我都尽量一个不落。有时候会为了看哪个节目和圭一发生争执。有一天,电视上正播着二宫和也的节目,圭一突然小声嘟囔了一句:"二宫和也和我们,染色体的数量是一样的吧。"

就是说,人类的染色体是23对,一共46条。其中有一对染色体是性染色体,男性(比如二宫和也)就是X和Y各一条,女性(比如晴)就是两条X染色体。但也就是这一点点差别而已,"可是二宫和也看起来和我们的差别怎么这么大?"圭一说。我对此深有同感,"我明白你的意思!"我一边附和,一边感叹连圭一都能发现二宫和也的特别之处。

不过,我们的意见统一也就这一回。平时圭一完全不理解我。现在我抱怨着这句话的时候,圭一就在后面听着。他一边听着,一边只是一言不发地嗤笑。总是这样。

早上醒来的人，是谁？——多重人格常见问题　　讲述人：洋祐

下面，我想谈谈我们一周的生活是什么样的。现在是2020年，我们在埼玉县的某个"放学后日托服务公司"做保育士的工作。到今年年初为止，每周只有周一需要出勤，周二至周五在家办公。周二和周五的晚上我们还在补习班打工教课。

不管是哪份工作，我们平时是需要上班的。所以必须每天早上按时起床。这时，就有一个问题，可能也是多重人格的常见问题：我们当中最先醒来的是谁，我们自己也不知道。当然从倾向上来看，可能是比较习惯早起的13岁的悟。而且喜欢深夜徘徊的付总是熬夜难以起早，所以第一个起来的肯定不是他。

那么我呢？好像要是有人起来了，我就自动跟着起来。这可能是由于我负责守护包括主人格晴在内的全部分身。所以，很有可能我还没睡够，就被弄醒了。结果就是每天早上负责起床的通常是悟或者我。

去日托服务公司上班的日子，我要从家附近的上野站坐电车。负责坐电车的通常是我或者灯真。灯真秉持"劳动本恶"的信条，绝对不会主动出去工作。但他却能负责任地把我们带到公司。

不过，为了让灯真带我们去上班，必须确保他平时出现的时间足够。因为他有自己想做的事。如果不能满足他的话，他会拒绝去公司，开始自顾自地做自己的事，谁也拦不住。

还有，假如上班途中6岁的春斗出现了，那么他就会迷路，或者错坐了反方向的车。为了避免这样的事态发生，坐车上班这件事都是我或者灯真负责。当然，圭一想做的话也能做到。但由于他是我们的经济支柱，在家花很多时间做小程序开发和运营什么的，所以需要出门上班的时候他就不怎么出现了。

○　　　○　　　○

"放学后日托服务公司"是为确诊了发展性障碍的中小学生提供放学后日托服务的。我们的主要工作是帮助他们学习，如果是小学生就给他们辅导家庭作业，是中学生就帮他们复习一下考试。

有些日子也会练习英语会话，还有时候会陪他们一起玩"人生之旅"桌游，也会做一些大规模的手工活动。孩子们通过每天不同的主题活动来学习如何与人接触。我们的主要任务就是陪伴他们参与活动。

我们负责大概15个小学生和三四个中学生。小学生从过午到傍晚6点左右，中学生到晚上8点左右。小学生的人数较多是因为这个年龄段的孩子正处于生长发育阶段，有些人还不能控制自己的行为。有的人在教室里待不住，有的人会动手打其他小朋友。但是，随着不断成长，他们的多动和冲动行为的倾向也会降低，我们工作的这个日托服务公司里的中学生们，大多数人还是比较平静的。

但是，他们在学习方面还是跟不上。比如有个上特别支援学校①的初三学生还在学习减法。这个学生不打算升学而是打算工作，所以同时也在学习打字和Photoshop。我们的工作之一就是帮助他们学习这些课外技能。

工作时，主要由我们的主人格晴来负责。不过，像之前提到的补习班讲师这份工作一样，如果是补习数学或者理科的时候就会由圭一出面。但是圭一也不擅长和孩子们接触。他自己觉得很平常的举动，有时会让人觉得他一脸不高兴似的。相反，16岁的结衣特别擅长跟小朋友们打成一片。所以，遇到尤其不擅长与人沟通的小孩子的时候，结衣就会出面，并且会要求她尽量别表现得像女生。

如此这般，我们这些分身根据各自的擅长和特点交替轮换。在工作的时候主人格晴不会一直出现，而是由我们这些分身扮作晴的样子一起工作。

通常，提起"多重人格"，人们往往会有一个人突然变成性格不同的另一个人的印象，在虚构的故事里，总会要求演员们如此演绎。但是我们正好相反。是我们这些分身一起扮演主人格晴。就是说，我们要一起扮演"人格并没有改变"的状态。

加上对于分身出现时的一切，主人格晴都全无知觉，所以待到晴出来的时候，我或者圭一需要跟他解释"之前发生了这样那样的事情……"。如果不让分身表现得很统一的话，工作中就会产生混乱，日常生活也会遇到问题。

尽管如此，分身扮演主人格时，有时也会露出马脚。最简单的例子就是笔迹。晴和其他分身都各有各的笔迹。尤其是在补习班做

---

① 专门接收残障学生的学校。

016

讲师的时候要更加小心。以前曾有过一个孩子发现了我们的人格变化，那一次有惊无险，总算是搪塞过去了。还有的发展性障碍的孩子感觉十分敏锐，我和圭一交换的时候会有人敏感地察觉到气氛不同，表现出很不可思议的样子。

感觉不到"我累了……"　　　讲述人：洋祐

　　放学后日托服务工作，最早会在晚上8点左右结束。但有时候，尤其是月初的时候孩子们走后还有很多事务性工作要做，所以干到晚上10点也是有的。所谓事务性工作，就是写业务日志还有确认需要提交给政府部门的一些文件。另外，我们还需要开车去小学接送学生，所以每个月都需要根据每个学校不同的放学时间来确定接送路线。

　　今年年初我们每周有四天在家办公的时候，做了一个提高事务工作效率的系统。为了测试系统，我们每周一需要到日托服务公司和保育士们一起工作，听取他们"这里需要修改一下""想让你给做一下这样的资料"等需求。而现在尽管每天都要上班，还是得继续维护这个系统，所以真的十分耗费精力。因此每周日就完全是我们休养生息的日子。

　　刚刚提到"耗费精力"这个问题，我们原本就很难意识到自己的疲劳。如果说体力就是手机电量，一般人是从100%逐渐降到80%，然后降到60%，再降到30%左右就会感到疲劳。但是对于我们来说，不降到3%左右是不会感觉到累的。换言之，100%还是3%，对我们来说感觉是一样的。比如饥饿的时候，我们会饿到腹痛才有所知觉，还比如低血糖的时候,要到全身发抖才能感觉到。

不过,每个分身对疼痛的敏感程度并不同。我们最常感觉到的是头痛,原本就有偏头痛,加上药物的副作用和气压变化,使得我们很容易头痛。这个时候,13岁的悟对刺激最为敏感,所以马上就会喊出"好疼啊"。另一方面,灯真比较迟钝,完全感觉不到。就算察觉到了,也不过是一句"啊,还好吧"。分身之间的敏感程度的差异就是这么大。

我觉得,对疲劳不敏感与发展性障碍的特征比较接近。ADHD和ASD的患者要么对身体的感觉过于敏感,要么就过于钝感。尤其是ADHD的情况下,大脑总是忙乱的,各种想法喷涌而出注意力不断转移,反而无法留意到自己的感受。所以我们经常会撞到桌角。还因为无法判断球拍和自己身体的距离,到初三之前都没学会打羽毛球。

刚才提到,我们到2020年初为止,除了日托服务公司的工作之外,还在补习班打工。这份工作每周2次,从傍晚5点开始到晚上9点半(比较晚的时候)。在补习班,我们的学生从小学生到高中生都有,我们负责的科目是国语、算术(数学)、理科、社会以及英语这5门。

我们这个补习班是私人辅导的形式。和学生1对1,或者1对2上课。我负责的学生中也有发展性障碍的学生。估计补习班的塾长①也是知道我们的主业是日托服务工作,所以才将这样的学生分给了我。也常有学生家长来咨询"我们家孩子不愿意去学校,怎么办才好呢"。对我们来说,这份工作十分有意义,也让我们心存感激。

比如我们主要负责的有这样一个学生。这个孩子小学六年级

---

① 日语称补习班为"塾",补习班负责人为"塾长"。

的时候确诊了ADHD，直到小学五年级上学期为止，都在特别支援班级上课。特别支援班级和普通班级相比所学的东西要慢2年。这个孩子更是基本没有学过社会和理科这两门。所以在五年级下学期编入普通班级的时候，完全跟不上。我要辅导这个学生赶上别人的学习进度考上公立初中，加上该生的父母要求"相比学习能力，更希望提高思考能力"，所以我们在教学时还要注意不能只辅导教科书上的课业。

　　有另一个小学生，也是要考初中的。跟上面这个孩子的辅导模式又有所不同。此外，还有以理科为中心进行辅导的初中生，偶尔也被要求"帮忙看看英语吧"，以及考试之前也会辅导一下国语和社会。高中生也有，是个只需要辅导数学的高一学生，不过偶尔会带物理和化学作业过来，所以我也会帮忙看一下。

　　就像这样，我们需要随机应变。不过圭一很擅长数理化，灯真擅长英语、国语和社会，所以我们会根据科目适当变换分身。虽然之前说过灯真秉持"劳动本恶"的信条，但是他似乎很喜欢教别人，每次都一边说着"没办法还是得我来……"，一边出来教课。

　　话到此处，我想大家也看出来了，我们这些分身共享"记忆"，却没有共享"知识"。就是说，圭一的理科知识只是圭一自己的，灯真的文科知识也只是灯真的。对我来说，圭一所知的公式，灯真所知的英语单词，都是模模糊糊的。或者看着眼熟，但不明就里。因此，理所当然地，我不可能代替他们来教小朋友们数学和英语什么的。

从一本笔记到选举——"专家会议"系统　　讲述人：结衣

之前稍微提过我们购物的话题。我们花钱最多的就是书。本书的开头，洋祐介绍过中性的悠很喜欢读书。不仅是悠，所有的分身都喜欢看书，我们的工资基本上都用来买书了。总之除了大家商量好的，每月拿出10万日元作为家用，剩下的钱都用来买书。

负责管钱的圭一平常把钱包看得死死的，但是一到买书的时候就放松了。在他的心中有一个神奇的信念就是"买书不看价钱"。圭一购买的基本上都是理科的专业书籍，如果价格达到8 000日元左右他也会犹豫一下，但是不超过4 000日元的话完全是闭着眼买。所以每次买书，1万日元轻轻松松就花出去了。

买书的时候通常都是圭一出现。不过，悟和春斗也有他们想要的书，悠有时候也想买自己要的书。圭一会听取每个人的需求，所以每次去书店几乎都要逛遍所有类型的书架。

比如悟最近热衷于和"出租先生"聊关于物理的话题，圭一会帮他选择一些能够参考的且易懂的书籍。当然，这类书都属于专业书籍，价格不菲。春斗也喜欢理科类的书籍。尽管他只有6岁，但是一直接受来自圭一的精英教育，这让我有点担心他会变成什么样。不论是春斗还是悟都很喜欢大自然。

悟特别认真，是个做事绝对一板一眼的人。他在家种香草。前不久还用花盆种甘菊、野草莓以及欧锦葵。现在改种黄花捧心兰和薄荷。据说夏天不太适宜培育香草，所以夏天他会种万寿菊之类的花卉。悟对植物热情似火，他特别喜欢"没有一种草的名字叫杂草"这句话。比如在河堤上散步的时候无法避免会踩到一些杂草，他特别在意这件事。从前看电视时看到割草的场景，他会马上指出"啊，那个是牛筋草"什么的，那些被割掉的野草名称他如数家珍。对我来说绝对是两眼一抹黑。

春斗最喜欢昆虫。每次出门春斗都会指着虫子叫出它们的名字，同时悟会叫出各种野草的名字。所以每年春天是他们俩最开心的日子。尤其是悟，到了2月份左右他就开始蠢蠢欲动。梅花开了，他就会说"下面该桃花了"，或者"我闻到春天的气味了"。只有在这个时期，他才会变得特别饶舌。他会跟我们讲蒲公英有多少种，还会跑到原野上去找四叶的三叶草，这是他特别擅长的。

回到关于书的话题。应悠的要求，我们偶尔也会买一些小说。我也会读一读东野圭吾啦、凑佳苗啦、有川浩等等这些知名作家的作品。不过，说实话，相比读书，我更喜欢读少女漫画。虽然总被圭一驳回。但是只看价格的话，明明我这个最便宜呀！

购物的时候，不只是书，连买一本笔记本每个人都要七嘴八舌地给意见。要是我，就会觉得Campus牌的笔记本的设计太土气，视觉过敏的悟就会觉得纯白的笔记本会反射荧光灯光，太过炫目，所以要选择乳白色。而圭一觉得A5型号还有方格笔记本比较方便。这种时候，就不是主人格晴能够自己决定的了，但是满足所有人的要求一人一本也太过破费，最后只能听取所有人的意见之后挑选一本。有分身不满意也只能委屈他了。

虽说是"统一意见"，但也不是少数服从多数，而是看谁有不同意见，一起来探讨并达成一个能够说服全员的结论。这种时候，晴是不参加的。由洋祐总结全体意见。我们将这种状态称为"专家会议"。不仅仅是购物，只要有需要统一全体意见的时候，我们都会召开专家会议。

我们的专家会议最热烈的一次要数最近2019年7月的参议院选举的时候了吧。一到大选季，春斗总是最激动的那个。或许是因为电视里也会播放选举专题节目，制造出一种不同以往的兴奋昂扬的气氛。圭一会就每个政党和他们的政治公约——跟春斗进行解说。因为春斗还看不懂汉字，圭一会为他读报纸。

所谓的"读报纸"也并不是读出声来。而是圭一在脑海中念着，春斗听着。脑海中的声音也不是一出声所有人就都会听到，有心要听的人都能听见。我自己也不会主动看报纸，所以圭一读报的时候，有时我也会问些不懂的问题。

圭一就是这样向大家解释消费税还有《宪法》第9条等热点问题。在这一过程中，或许是由于主人格晴有性别认同障碍的缘故，春斗开始关心LGBTQ。此外，因为晴他们的工作跟儿童教育有关，所以对于社会福利相关的政策也比较关心。

春斗原本是支持民主党的。可是后来分裂成立宪民主党和国民民主党了。"为什么要分成两个呢？"他有些愤怒。圭一会为他耐心解释"这个民主党如何如何"……春斗平常不参加专家会议，一到大选季就参加得十分积极。

另一方面，圭一最重视的是经济政策。每个人投票理由不尽相同，所以大家会参考各政党的政策和过去的政绩，每个候选人的经历，如果是比例代表制①，还要讨论是为了这个政党还是为了这个候选人去投票。

在统一意见的时候，时常也会有人到最后也无法接受。这种时候洋祐最擅长倾听了。比如说悟。他本来不善言辞，即使有意见也不怎么表达。洋祐会找好时机询问他的看法。这样一来，全体达成一致决定投票给谁，然后告知主人格晴。晴基本上只负责批准。

这次参议院选举晴去投票了。也不是每一次都是他去。比如我们的第一次选举。那是晴19岁那年，也就是2016年小池百合子当选东京都知事的那回。那次投票是灯真去的。不知道是哪里得到的信息，据说第一个到达投票站的人需要做零票确认②，灯真主动提出，"头一次选举一定要去做零票确认！" 这次选举只是选东京都知事，候选人并不多，专家会议很快就达成了一致。关于投票，灯真主动请缨。所以，投票当天我们起得很早，到投票站门口等待投票开始。不过，灯真去投票也就那一次。他做过一次零票确认好像就心满意足，再也没兴趣去第二次了。

---

① 比例代表制指以各党所得选票比例分配议席的制度。
② 打开票箱，让第一个到达投票站的选举人确认票箱为空。

关键词是"记忆"　　讲述人：洋祐

　　本章的序中提到过我们脑海里的示意图。其实，每个人格对示意图的看法都不同。对我和圭一来说是俯瞰图。就像透过电视屏幕或者照片看到的平面图像。但是对春斗和灯真来说，就像图中所示是立体的。在结衣看起来则是模糊不清的。

　　那么主人格晴呢？他很可能看不到。这和分身之间可以共享记忆，而主人格却不能与分身们共享记忆这一点有些相似。加上晴本身对自己体验过的事也会渐渐忘记，所以我们也不知道晴到底记得什么，忘掉了什么。

　　此次撰写本书，我认为"记忆"是一个很重要的关键词。记忆是每个人活着的最大的根本。日常生活里或许会突然想不起某个人的名字，或者忘记和别人的约会，或者喝酒喝断片儿什么的，但那些都是短暂的。说不定通过某种契机，你会觉得"好像有过这么回事呢"，就想起来了。但是对于晴来说，记忆是彻底被抹去了的。即使以前经历过，只要这段记忆已然忘却，再次经历就都是初次体验。

　　就是说，晴的记忆没有连续性。失恋了，和朋友分开了，身边的人去世了，无法挽回的失败，路过的风景，谁怒了，谁哭了，谁又笑了，那些时刻自己感受到了什么，又有谁对自己说过什么……对大多数人而言，站在自己现在的位置回顾从前，记忆的足迹一点一滴蔓延开去，于是才能肯定此时此刻自己的存在。不论悲喜，每个时刻的体会和感情是结合在一起的，所以可以说记忆就是人生的轨迹。

然而一旦丧失记忆，对自己还活着的感觉会日益弱化。事实上，晴已经对自己还活着这件事没什么感觉，他常说"我活得很不负责任"。我认为这绝不是他在自责，从我们的视角来看，这是指他总是活在刹那里。

要说我们这些分身替晴记住一切不就好了吗？也不是这样的。我们也和晴一样，很有可能丧失记忆。曾经就有过几次"上班？该去哪儿来着？"这样的情况。这时候，并不是所有分身都忘记了，一般我和圭一会负责记忆备份。但有时候圭一的记忆也会有疏漏，有时候我也会。

记忆是一个人如何走到今日的证明。但是晴渐渐丧失掉所有记忆。他总是问"我真的活到了今天吗？""似乎有活过的痕迹，但是我完全不记得啊。"在我们看来这是毋庸置疑的。我们知道晴是如何生活的，如果他没有活过又哪里来的我们。但是他这样的想法也没人能阻止。

曾有一个独特的思考实验，叫做"世界5分钟前假说"，是英国的哲学家兼数学家罗素提出的。简单说来就是假如这个世界是5分钟前被制造出来的，谁也没法彻底推翻这个假设。晴就是这个假说的完美体现。自己的记忆会不会是别人事先设定好的……既然他已经丧失了记忆，那我们这些分身就算捏造记忆，他也只能全盘接受。

最近，晴连"出租什么也不做的人"都忘了。像悟一样，春斗也很喜欢"出租先生"，他提到这个人的话题时，晴一脸严肃地问"这是谁?"。我们都难以置信，只得哑然。最开始发现"出租先生"的就是晴，真正去租了人家的也是晴，然而却把"出租先生"和TSUTAYA①弄混了。

晴曾经和恋人分手，却连分手这件事都不记得了。当时，对方同时也在和结衣交往，晴是看到结衣难过的样子才想起自己也刚刚分手。结衣当时很受打击，同样作为当事人的晴却是一副波澜不惊的样子。彻底丧失记忆的状态，就是这么一回事。

---

① 出租音像影视光碟等的连锁店。

2．没有单间
我们的身体，并非属于我一人

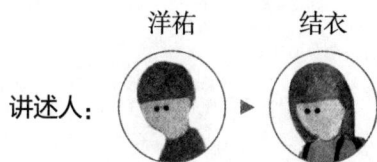

洋祐　　　结衣

讲述人：

确诊为"分离性身份识别障碍"　　讲述人：洋祐

　　在上一章，我曾经说过，"记忆"是一个很重要的关键词。记忆，是一个人活着的证明。但是，晴没有连续性记忆。目前也还在一点一点失忆。

　　当然，没有人会完全不记得发生在自己身上的所有事情。人们常会忘记不愉快的经历，有人说过"忘记是人类的自我防卫本能"。但是，晴不论记忆的好坏，统统平等地忘却。比如和"出租先生"曾经那么开心地交流过，他却连对方的存在都不记得了。还有和恋人交往的时候，晴曾经是那样的开心啊。

　　之前的恋人既是晴的恋人，也是结衣的，他的性别是男性。而且，他是在知道我们的多重人格的前提下，与晴交往的。对于我和圭一来说，他差不多算是我们朋友的朋友。尽管同时与晴和结衣交往，却也没有脚踏两只船的感觉。我们全体加在一起才是一个叫晴的人，结衣也并不觉得谈恋爱的应该是一个人，她常说：与其说是希望他爱我，不如说是希望他爱我们。所以，跟他见面的时候，是晴出来还是结衣出来，他们两个并没有发生过争执，有时候甚至是我们出来见他。

说实话，除了当事人结衣之外的其他分身都觉得谁和谁谈恋爱都无所谓，但是结衣特别想让她前男友承认我啦、圭一啦等这些人格的存在。前男友很喜欢做一些小玩意儿，圭一就常常跟他咨询一些小东西怎么制作的问题，很是方便。

这么一想，前男友的确是个思想很自由的人。那为什么要分手呢？简单来说就是他有他想做的事情，我们也有我们的。所以能陪伴对方的时间越来越少。

他既不希望对方占据自己的时间，也不希望自己占用对方的时间。但是直说又怕伤害到我们，所以一直在忍耐。某一天，忍耐终于到达了临界点。所以，与其说是他开始讨厌我们，不如说是他太过尊重我们而不得不选择分开。我们也非常尊重他，也打心底希望他幸福。

○　　○　　○

刚才说到了"想做的事"。其实，我们也是最近才找到自己想做的事情并付诸实践。具体想做什么稍后会说给大家听。希望大家能明白的是，主人格晴从小到大都生活得很艰辛，并且很长一段时间并不清楚是什么原因，所以也没有余力去思考自己究竟想做什么。现在这个原因逐渐显现出来了，或者说晴本人终于变得能够接纳它了。

整理一下我们的过往。晴是16岁的时候确诊的性别认同障碍。在得到确诊之前，他一直对自己的生理上的性别很不适应，因为他的心理是男性却生在一副女性的身体里，他对这个状态感到非常不舒服。

18岁的时候又被确诊为分离性身份识别障碍。

其实，直到被确诊之前，晴强烈否认自己有多重人格。当然，这是人之常情。虽然我作为分身不应该这么说，但是从小就觉得在脑海中听到别人的声音，换作我是晴的话也会头脑混乱的吧。原本以为是自己主动思考和选择的人生，结果莫名其妙地受了其他人的影响。而且，这个其他人有时还会代替自己，自己却无法控制。说不定哪天就会发生一些很恐怖的事情。

但是给我们确诊的医生对晴说过这样一番话：

"分身是为了帮助你才产生的。"

正是因为这句话，晴才接受了自己的状态。

此外，晴小的时候在教室里无法乖乖坐在自己的座位上。有时明知必须集中精力，却不由自主地被其他想法纠缠不已。他一直为此苦恼。从那时起，我和圭一就在帮助他，但有时也无能为力。

2018年春天，晴21岁的时候，被确诊为发展性障碍——准确来说是ADHD，算是找到了他总是无法集中精力的原因。晴的健忘症状一部分是受分离性身份识别障碍的影响，但是ADHD患者本身的工作记忆就很短暂。比如打电话的时候，对方说"请您拨打以下号码"，ADHD患者就无法边听边记录电话号码。因为从听见到用手写下来的这短暂时间之内，刚刚听到的数字就已经忘掉了。就算记得也不会超过3位数。由于不擅长处理听觉信息，有时候看的电视剧没有字幕的话也分不清到底谁在说什么。

这些生活中的困难不断叠加，终于让晴心里开始充斥了不想活的念头。但是，好在确诊之后开始吃药，这一年来病情终于有所稳定。眼下可以说是晴这辈子活得最平静的时期。

出生在一个压力比较大的家庭　　讲述人：结衣

刚才洋祐说到晴和我失恋的事情。我真的很希望晴起码能记得和恋人分手这件事。不过，所谓"忘记"大概是"不愿记得"，毕竟失恋对于晴来说是一种很大的打击，以至于他都失忆了。当然，洋祐也说过，就算不是令他痛苦的记忆，晴一样可以忘记。我也实在无可奈何，只能说至少我还记得谈过恋爱这回事就好了。

说说晴幼年的经历吧。总的说来，晴出生于一个压力比较大的家庭。他对于来自家庭的压力十分敏感，所以他需要在意和背负的东西太多。不过，对他来说这是与生俱来的成长环境，有些感觉也许他自己也意识不到。

晴小学二年级时父母离婚了。在此之前他和父母以及祖父母一起生活。晴的母亲在那个时候或许还算不上是个称职的母亲。事实上晴的父母的确都不太擅长带孩子，所以他的母亲怀孕时还曾考虑过打胎。

然而，在祖母的一遍遍的"求求你生下来吧""我来养"的劝阻之下，母亲终于回心转意了。晴的父亲是家中独子，可能这也是祖父母迫切希望抱孙子的缘由吧。后来，就是祖母代替母亲照顾晴，而母亲反而更像个年龄差距较大的姐姐一样。晴自己也能感觉到这种错位。

祖母心中是有一个所谓女孩子的理想形象的。她常说"女孩就该有女孩的样子"。比如小学生的书包,女孩子必须背红色的,该穿什么也是祖母一手包办。尽管祖母无从知晓晴是性别认同障碍,但对于晴来说祖母的这种照顾实在太多余。

祖母是个喜怒无常的人。早饭后走出餐厅时,看她是"嘭"的一声重重摔门,还是轻轻关上,就能知道她这天的心情好坏。晴从三四岁开始就一直处于这种压力之下。虽说这种事每天上演,但是对小孩子来说精神压力实在太大。父亲外出工作很少在家,祖父在祖母面前也是十分软弱。

上小学那阵子,晴只有在考了高分的时候,才能得到家人的笑脸相迎。

相反,外公外婆就不同了。每当跟着母亲回乡归省的时候,外公外婆都给晴充分的自由。比如买衣服的时候,晴想买男装,而外婆想给他买女装,这时外婆就会说"那就都买了吧,回去喜欢穿哪件就穿哪件"。这对晴来说真是如蒙大赦。

不过母亲跟外公外婆的关系算不上很好。也许,他们只是表面上做出一副很喜欢这个成绩优异的外孙女的样子,实际上全然不似表面一般单纯。我想这种落差也曾让晴很痛苦吧。

后来,小学二年级的时候父母离婚,从小学三年级到六年级,晴都跟外公外婆一起生活。那段日子,空气总是十分紧张。

在这里打个岔。外婆有厨师资格证,然而做的饭极为难吃。母亲总是工作到很晚,所以外婆经常做饭给他吃。比如做个土豆沙拉,她不会把黄瓜攥干,导致沙拉都是湿嗒嗒的。也有例外,只有关东煮和寿司卷味道不错。

　　晴现在跟外婆的关系已经缓和了很多，每次回去她都会给晴做寿司卷。我们吃得也很开心。外婆平板电脑用得也很好，也会去看晴在note上发的文章。

　　晴小学六年级的时候，父亲去世了。从小学二年级父母离婚开始，他和父亲每月见一次面。见面时的父亲好像变了个人，是个特别称职的爸爸。父亲带他去动物园去游泳池，去参观鱼糕工厂，赶上暑假或者其他的长假，还会带上祖父母一起出去旅旅游住几天。

转型理科生　　讲述人：洋祐

晴的人生命途多舛，我们这些分身是如何产生的，晴又是如何接受我们的呢？

他明确意识到分身存在是在高专①二年级的时候。不过，从初中三年级的时候圭一开始不断出现，这对晴的人生产生了极大的影响。

说起圭一诞生的背景就要提一下晴希望转为理科生这件事。上初中后，很快晴的直立型调节障碍和抑郁症发病，初中二年级的春天开始他开始拒绝上学。并且他对自己性别的不适感也日益严重。晴上的中学要穿制服，他的身体性别为女性，所以只能穿女生制服，这件事让他特别痛苦。

不想穿女生制服，其实就是不想穿裙子。晴产生了这样的想法之后，在不去上学的日子里开始考虑高中一定要选一间不用穿制服的学校。但是，在他的老家兵库县，能够从他家去到的范围内都没有允许穿便服上学的高中。虽然也可以选择函授课程，但是考虑到十分在意世俗眼光的母亲，他也只能作罢。就在觉得走投无路的时候，他得知了高专这种学校的存在。

"高专"指的是"高等专门学校"①,是以初中毕业生为对象,专门培养职业技术型人才的5年制高等教育机构。从高专一年级(相当于高中一年级)到高专五年级(相当于大学二年级)一直学习专业知识。毕业后可以就业,也可以转入大学,或者继续进修专业方向,可以选择的道路很多。这类学校在日本全国只有60家左右,数量有限,对于已经有志于某个专业方向的人来说还是很有吸引力的。

但是这里也有一个问题。能考高专的只有理科生。晴原本擅长的是文科,对理科有点怵头。加上不怎么去上学,落下的课程就更多了。也许正是这种"理科不好就考不上高专"的念头,才催生出了圭一这样一个人格。事实上,正如前面也多次提及过,圭一的理科能力非常强,堪称学霸级别了。可这到底是为什么,我也说不清楚。

晴为了考高专,从初中二年级的暑假结束,也就是第二学期开始回学校上课了。

因为初中三年级的成绩和出勤情况会用于考高专的内申点②和出勤情况中,所以晴必须尽快先把初二的课程补上。然而,上了初三以后的4月份的第一次模拟考试里,他不擅长的数学只考了50来分。他因此大受打击,决心努力学习。尤其是暑假里几乎每天都去补习班上课,每天学习10小时以上。后来的模拟考试中他达到了想报考的高专的及格线,但他依然不放松,甚至可以说有点学傻了。

在这期间,负责学习数理化课程的是圭一。圭一学得越多,晴的记忆空白就越多。比如晴觉得自己在家里或者补习班学习,不知

---

① 高等专门学校。
② 日本初中的综合成绩。

不觉地就过了几个小时,而且正在做的习题集莫名其妙地多翻了好几页。每天的学习日程基本上都是圭一制定的,但晴却觉得是自己定的,也就按着这个日程来学习。到了初三,模拟考试和测验激增,理科考试由圭一参加,所以晴对于考试时发生了什么一无所知。而且,自己不记得考过的试还总是得高分,晴大概就是因此才开始怀疑身体里还存在其他人。

〇　　〇　　〇

晴自己从这个时期开始立志做个工程师。可能这多少也受了父母的影响。晴的父母都是系统工程师,尽管父亲在他小学六年级的时候去世了,但母亲到今天依然在工作。

据说母亲曾经想做老师,但是大学统考失败。就在她一片茫然的时候,晴的外婆对她说"今后是电脑时代",建议她上专门学校。这真是有先见之明。专门学校毕业后母亲进入IT企业做了系统工程师。其间为了照顾晴曾经辞职过一段时间,后来丈夫去世后成了单亲妈妈,为了谋生,她重操12年前的旧业。母亲是个精力充沛的人,到今天她有时也会请个年假去登山什么的。不过母亲曾经劝过晴不要做系统工程师,因为她对这个行业的辛苦深有体会。

但是晴想做的不是系统工程师,而是制造业的工程师。具体来说,他对耳机开发很有兴趣。他甚至在初三的暑期自由研究时选择了《关于耳机的声音与各制造商频率特性的比较研究》。他觉得只要能上高专,一定能够实现工程师这个梦想。所以他越发努力了。

话说回来,尽管晴的考学基本都是圭一在负责,但其实我和圭一都没有抱着一定要让晴考上的心态。圭一只是喜欢学习,只是喜欢沉浸在学海里，他只以考满分为目标。晴想到考学的问题时就会情绪低落，而我一直想得很简单："无所谓啊，就算考不上高专也可以上函授学校或者Free School①，还有很多选择嘛。"当然，晴自己努力想要考上高专，我也就一直支持他。

班主任老师对晴的模考结果和内申点也完全不担心，还告诉过晴"估计可以保送上高专"。但是晴一直忐忑不安，他的目标是第一志愿的公立高专，第二志愿的私立高专，第三志愿保底的公立普通高中，三个志愿都拿到S评分②。他很担心自己的偏差值达不到75③。所以晴加倍努力地学习。

最后，晴获得了保送上第一志愿高专的资格。内申点只有体育是4分，其他都是5。全部9门学科45分满分，他得了44分。由于获得了保送资格，所以虽然他拼命学习了很久，也不需要参加学力考试了。

晴获得保送资格是在1月底，如果参加考试的话应该在2月下旬。同时，第2志愿的私立高中入学考试在2月上旬，所以原本我们计划参加的是2月下旬的公立高中考试，2月上旬的私立高中也打算考一考。但是1月底就拿到了保送资格，所以私立学校的考试费2万日元④算是白花了。到今天，母亲还常常半开玩笑地提起来，感叹一声"真是浪费"。

不管怎样，晴总算作为女生考上了心仪的高专的电气系工学科。

---

① 专为不愿上学的学生提供的学校以外的学习场所。
② 日本的学校会根据模拟升学考试的成绩对能否考上某学校进行分级评价，最高为S。
③ 偏差值是日本对于学生成绩的一项计算公式值，通常认为60以上能够考上较好的学校。
④ 约1 200元人民币。

分身，在人生转折点上诞生　　讲述人：洋祐

在正常的社会里，春天是新学期之始，绚烂又有点激动人心。尽管3月里人们相互告别，但到了4月又会有新的邂逅，惹人期待。然而，一旦进入夏天，也就渐渐地厌倦了，松懈了，转眼已是秋凉。然后季节交替，又是徒增年岁。

不过，对我们来说则不然。

前文曾讲过，我是在晴2岁时诞生的人格，我诞生之初一直是17岁。待到晴长到和我同龄，我才开始和他一起继续长大。所以到了2020年，我和晴都是23岁。

圭一是在晴15岁时诞生的人格。开始也是17岁。但他一直在成长，所以现在25岁。我想，我和圭一都会继续陪晴一起成长下去。

除了我和圭一，还有年龄不明的灯真之外，其他人格都是按照年纪由低到高的顺序诞生的。其中6岁的春斗，13岁的悟，16岁的结衣，如果你观察他们的年龄，你会发现他们分别相当于小学生、初中生和高中生。这恰恰就是晴困惑于自己的性别认知的体现。因为他小学的时候必须背红书包，中学必须穿女生制服。

在高专上学的时候，尽管没有了制服的问题，但是由于考试成

绩名列前茅，老师总会表扬"一个女孩子也能这么厉害呀"。当然，老师的初衷是想赞扬他在高专为数不多的女生之中，可以勤奋努力考出好成绩。可是这句"一个女孩子"让他有些喘不过气来。于是他不断告诉自己"晴应该是个女孩子"，最终导致了结衣这个人格的诞生。结衣喜欢可爱的、甜蜜的东西。言行举止也是女孩的样子。那是一个晴理想中的女性形象。某种意义上来说，结衣可算是晴努力的成果。

尽管晴对自己外表女生内心男生的问题纠结不已，但是他曾经认为长大以后内心也会统一成女生，而迟迟未能统一是因为自己生长发育太慢。然而上了高专以后，他终于醒悟这是无论如何也做不到的了。或者说他放弃了，因而才产生了这种分离现象。

如今的晴已经做了胸部切除并持续注射雄性激素。女生结衣也理解自己的身体正在逐渐向男性靠拢。在这一点上，正因为她知道晴受过多少内心的折磨，所以才努力让自己接受。

学习、割腕，都是分身替他完成　　讲述人：结衣

　　如洋祐所说，或许正是因为晴想上高专才产生了圭一这个人格。因为自己作为文科生肯定考不上高专才创造出来一个理科生的人格。其实，如果晴自己好好学的话也能学好理科的。但是我想他或许潜意识里觉得"那样就不是我了"。

　　除了理科以外，圭一还会编程，阅读英文也没问题。他很有才华。对此，晴可以很自然地称赞说"圭一很厉害"。因为圭一不是他。晴通过假托他人来学习自己想学习的能力，因此这就是在赞赏别人而不是自己。换句话说，或许晴既不能接受有才能的自己，也不能接受一事无成的自己。

　　晴上小学的时候成绩还不错，上初中之后由于性别认同和无法适应新环境，成绩一落千丈。他曾经认为成绩是自己的救命稻草，从小只要考出好成绩就能被别人认同。所以成绩下滑之后他认为自己丧失了存在的价值，在初二的时候确诊为抑郁症，开始不愿去上学。在这个节骨眼上，14岁的中性的悠诞生了。

　　悠会在晴的抑郁症状加重的时候出现，要么割腕要么过量服用安眠药和抗抑郁药物。就像圭一代替晴学习理科一样，悠就是代替晴来自残的。但是最近，包括晴在内大家都很平静，所以悠不怎么出现。当然，分身不会因为不出现就永远消失，只是仿佛深深地沉到水底了似的。眼下暂时不被需要所以沉底，如果有必要的话或许会重新浮出水面。

我们这些分身对悠并没有负面感情。但是悠不再出现，说明晴的状态的确在好转。悠也是文科生，喜欢小说，是《真实魔鬼游戏》的作者、小说家山田悠介的粉丝。我想恐怖和推理题材是他的最爱。

晴不愿去上学是在初二刚开学到暑假的期间，暑假结束后他又重返校园。这里面既有不想让母亲担心的因素，也有想考高专的因素，但是，还有一种心理就是晴觉得自己毫无价值，所以想用上学的方式惩罚自己。

然后圭一和晴都通过努力学习考上了高专，于是就产生了我。

一场烟火大会,我诞生了　　讲述人: 结衣

晴上了高专之后,我记得是5月还是6月的时候被老师夸赞"一个女孩子也能这么厉害"。高专几乎没有女生,所以女生只要做点什么就会被说"一个女孩子家如何如何"。晴很讨厌这种话,他连别人称呼自己姓氏后面加一个"san"①,或者单叫他的名字,或者连名带姓一起叫,都很反感。因为在改成现在这个名字之前,他的名字是十分女性化的。

当然,"一个女孩子也能这么厉害"这句话并不是催生出我的直接原因,差不多算只是一个前奏吧。

我的生日是在那之后的8月3日。当时,晴有一个男朋友,两人相约8月6日去看烟火大会。那时,晴特别纠结是不是要穿女孩子的浴衣。他本心是完全不想穿的,但是男朋友很期待看他穿浴衣的样子,他也想满足他的期待。

他的男朋友当时对晴的性别认同问题有所了解,就算晴不穿浴衣,应该也不会责怪他。但是晴努力想做一个女生……仿佛是一根过于紧绷的弦突然断了一样,在烟火大会前三天,我,结衣就诞生了。所以那天穿着浴衣去赴烟火大会的是我,晴在和他最喜欢的恋人一

起看烟火大会的时候，一次也没有出现过。

但是，尽管在需要以女生形象出现的场合都是我替晴出面，他最终还是无法承受了。于是9月的时候开始去医院看病，被确诊为性别认同障碍。

尽管我是8月3日诞生的，但我的记忆模模糊糊可以再往前追溯几天。那时晴在网吧搜索性别认同障碍，他看着电脑屏幕呜咽起来。因为如果自己是性别认同障碍的话，想作为男性活下去必须做手术，改户籍等。这重重难关在前方等着他，他不知道如何跨过。于是他害怕了，一个人扑簌簌地掉泪，哭到颤抖。同时，他还有一种强烈的愤懑，觉得为什么自己做不成女生呢？如果自己的心态能够发育成为女孩子的话，这些难关就都不存在了。

我就在旁边看着这样的晴，所以当他选择去切除胸部的时候，尽管不舍，我还是觉得只要他开心，怎样都可以。因为晴的人生之路是要他自己来走的，不是我。

一旦注射了雄性激素，声音会变得低沉，疾病风险会上升，生殖器功能也会低下，但是晴都无所谓。晴一直很讨厌自己的声音，因为是女性的声音，所以晴不喜欢在人前说话。如果拥有男性的声音能够让他更加积极地面对生活的话，我也可以接受。

当然要说我的本心是希望能够穿得更加女性化一些，穿一点女士内衣什么的。不过，既然已经这样，只要穿得不要太土气我也就满足了。

---

① 在学校里通常对男生称呼kun（君）。

话说回来，既然我是晴16岁那年才诞生，为什么我知道他小时候的事情呢？有一些是从洋祐那里听说的，对于比较久远的记忆，我会翻看脑海中书架上有关晴的记录。我们可以共享过去的记忆。

提到我的诞生，我想顺便提一提另一个人格。晴在高专二年级的时候，17岁的航介诞生了。航介是个经常弄一弄电路搞一搞机器人的理科男生。晴自从高专入学之后就参加了机器人课外小组，随着高年级的前辈毕业，低年级的后辈加入，晴不得不负起领导的责任。管理成员，和顾问老师沟通，还要处理一些无法避免的小矛盾什么的，这些职责对晴来说负担过重，于是便诞生了航介。

航介的行为有时让人摸不着头脑，比如最近他做了电击枪。他把一次性照相机拆开，把里面的线路和自己做的线路接在一起，将两个1.5伏的5号电池串联成为3伏，再将电压调高到3万伏。我真是不明白做这种东西有什么必要。

以前我们曾经从推特的粉丝那里收到过礼物，是演唱会荧光棒，可以遥控变色。航介对它很有兴趣，不知何时，他竟把我装饰在房间里的荧光棒拆了。"原来里面的电路是这样这样的……"航介还解释了半天，我才不关心呢。

之后，他还提出过什么"从手机发射无线电来发光"啦、"把颜色变成5种"啦什么的。似乎从技术上他是可以做到的。但是发现做好之后又没什么用处，于是就拆开放在一旁了。我觉得要是会做就把它做完呗。反正就是这样，一有什么想做的东西的时候航介就会出现。

然后，进入战乱年代　　讲述人：洋祐

　　正如结衣所说，晴从高专一年级开始去医院看病，根据心理治疗师的诊断，他被确诊为性别认同障碍。在母亲的陪同下，医生开具了诊断书以及给学校的相关注意事项的意见书。他拿着诊断书和意见书去和学校顾问谈了谈，然后告诉了班主任他的状况之后，得到了使用男性名字的许可。从二年级开始，晴正式成为男学生，并去法院改了名字。这些流程结束后，晴终于开始觉得"上学很开心"了。

　　就在17岁这年，晴第一次跟自己身体里的分身对话了，也开始跟周围的人透露自己有可能是多重人格。其实就是晴渐渐对自己是分离性身份识别障碍有所察觉了，只是还不愿承认而已。

　　就在他开始跟分身们对话，也开始出现失忆症状之后，他升入了高专三年级，我们也迎来了转机。

　　由于母亲赴东京工作，晴也转学到东京的高专。

　　高专是5年制，母亲有点担心晴不想转学。晴虽然学的是电气系工学科，从二年级下学期起却开始对音响产生了兴趣，而恰好将要转去的东京的高专有音响工学的老师。因此他其实很期待转学。不过，决定转学之后，圭一又开始迷上了无线工学，所以最终我们转入东京的高专学起了无线通讯。

就这样，从三年级的春天开始，我们转入了东京的学校。这里的老师对晴的分离性身份识别障碍有所察觉，建议他去专科医生那里看一看。

然而，尽管对自己的症状有所觉察，真的开始看病后，晴反而无法面对自己的病情。他总怀疑"尽管脑海中能听到别的声音，也有失忆的症状，但是会不会其实都是自己假装出来的呢"。

在这段时期，对我们来说可谓"战乱年代"。晴的失忆症状日渐严重，对于去医院的经历时常也会遗忘，渐渐地，他不得不承认自己患有分离性身份识别障碍了。

我曾经在本书的序言中按照年纪从小到大的顺序介绍过除了我、圭一以及年龄不详的灯真之外的其他分身。他们的年龄和他们诞生时晴的年龄一致。从这一点来看，晴在17岁到19岁的3年间产生了4个分身。现在回想起来，这说明晴自己在这几年里也身处战乱的漩涡之中，痛苦不已。

公开性别认同障碍　　讲述人：结衣

　　我还记得晴确诊为分离性身份识别障碍时的情形。首先，转入东京的高专时，班主任要求他提交分离性身份识别障碍的诊断书。因为只有提交诊断书学校才能正式提供一些帮助。那个时候晴经常失忆。换言之，就是某个分身会频繁出现，因此导致晴无法正常上课。

　　最初我们去的是一家普通的精神科诊所。由于医术水平一般，后来转到了分离性障碍的专科医院。在那里初次接受诊断的是晴本人，我们几个就在他"身后"观察到底是怎样一个医生。然而，这位医生观察到我们这些分身交替出现的时候，会和我们每一个人打招呼说一句"初次见面，请多关照"。这个医生认为分身的存在十分平常，这对我们来说是很大的安慰。

　　不过，这位医生似乎有点神神叨叨的(顺便提一下，我们觉得似乎对玄学比较关心的分离性障碍专科医生还挺多的)。比如说，诊察的时候会脱口而出什么"宇宙之灵"，还会指着晴的头顶说"这附近有神明在，你知道吗?"。悠似乎能看见他说的神明，但是晴就一头雾水了。而且这家医院开的中药也不大有效。

所以，尽管是个很能够理解分离性身份识别障碍的医生，也是他让晴能够直面自己的病，但是由于治疗方法不太对症，晴的身体状况并没有得到改善。经过跟学校顾问的探讨，我们转到了现在的这家医院。这家医院不仅能看分离性身份识别障碍，也有性别认同障碍和发展性障碍门诊。当然，晴被确诊为发展性障碍还是这之后的事情，这是一家能够治疗我们现在所有障碍的大学附属医院。回头来看，转入这家医院之前走了很多弯路，但是能转进来也是十分幸运了。

○　　○　　○

说点以前的事吧。晴在兵库县读高专二年级的时候，曾经跟同班同学公开了自己是性别认同障碍。当时的班主任对晴说"如果要公开的话，我会为你安排一个机会向全班同学说明"。那个时候，圭一帮了晴很大忙。

在几乎是男生世界的高专里，同样也会存在抱团的"小圈子"，这点我也明白。圭一当时说"我们要先来决定一下从哪些同学开始一步一步公开"。所以我们观察班里的人际关系，判断哪些人是有影响力的中心人物，哪些人绝对不能跟他作对。重要的是让更多的人站到自己这边，所以要先跟自己关系好的人公开。然后再告诉中心人物，然后对不好对付的人反而要以示弱的、敞开心扉的姿态来对待，等等。我们想了很多战术。连公开的方法是口头还是发邮件，都要因人而异。

另一方面还要好好学习。成绩好的话，能受人青睐。虽说不上提高自己的地位，至少能在考试前帮助别人，这样也可以给自己增加同伴。圭一简直算无遗策。

班上有大约40名同学。圭一觉得"只要有超过半数的20人站到我们这边就可以了"。我们就等时机成熟之后,才在全班面前公开。反之,剩下的20人我们没有事先通气,不过大家都是快成年的人了,肯定有人注意到。当然也有人后知后觉,不过好在靠着圭一的战略我们的公开之路还算顺利。

失踪宣言　　讲述人: 洋祐

　　2016年, 我们升入高专五年级, 开始在课外补习班打工。给从小学生到高中生的学生们讲课。这份工原本要持续到第二年10月份, 但是到了9月, 不知是灯真还是谁开始闹着"不行了坚持不下去了!", 于是便擅自不去了。补习班那边并不知道我们是分离性身份识别障碍, 估计还以为就是个普通打工的说不来就不来了。对此我们真的很抱歉。

　　2017年3月, 我们从东京的高专毕业, 继续升入同校的专科学习。这个专科类似于研究生的预科班, 经过两年的学习研究毕业之后可以取得相当于大学本科毕业的学历。我们原本也想读完专科再继续读研, 然而4月开学以后只上了3天学就厌倦了。

　　从专科休学之后, 我们从7月开始在某企业实习, 同时开始了独立生活。那段实习经历让晴意识到自己无法忍受每周工作5天、每天8小时的上班生活。他对工作和家务都要做到尽善尽美, 或者说他不知道如何妥协偷懒, 因此工作和生活无法兼顾。他不知道工作过程中何时该休息一下。比如在学校的时候, 午休吃饭的时间是固定的。而公司里虽然有午休的, 但和学校不同的是, 公司员工不会全体一起吃便当、去食堂, 或者出去吃午饭。所以他不知道自己什么时候应该去吃午饭。因此就只能埋头苦干8小时。这样自然会把身体搞坏，而且他原本就对疲劳特别迟钝，所以不病到卧床不起根本察觉不到哪里不舒服。

这次实习使得我们完全无暇他顾，这也是我们从打工的补习班不辞而别的原因之一。

我们之所以开始独立生活是因为和母亲的关系恶化了。具体来说，是想从母亲的过度干涉中保护晴。当时，尽管晴过了20岁已经成年，母亲却还总是问他"几点回家"，甚至时有歇斯底里的情况出现，而且一旦发怒就停不下来。大概她是进入更年期了吧。我觉得需要暂时跟她保持距离，让大家都冷静一下。

于是，我们从10月开始就失踪了。说是失踪，其实我们也是留下了一封正式的《失踪宣言书》的。尽管离开母亲是暂时的，如果晴一言不发就走的话，母亲一定会急得发疯，这样情况一定更糟糕。为了解决这个问题，我们左思右想终于从网上得知有个东西叫"失踪宣言书"。所谓"失踪宣言书"就是写明自己既没有卷入某起事件也没有自杀，只是凭借个人意愿想消失一阵。有了这样一封宣言书，即使以人口失踪去报警，警方也不会立案。写下宣言书的是我和圭一，晴几乎没有参与自己失踪这件事。

当时帮我们找房子的人，正是晴和结衣的男朋友。他给我们找的是位于北千住的一间5张榻榻米大①的开间。房租4万日元②。房间极其狭小，不过一大早出门去实习晚上回来只是睡个觉的话问题不大。然而，后来实习越发难以忍受，12月我们便辞了工。长此以往，

---

① 1张榻榻米大小约为1.62 m²。
② 约2 400元人民币。

就会付不起房租，还可能给男朋友添麻烦。于是，自"失踪"后刚好半年的2018年4月，我们还是回了母亲家。此后，我们就一直跟母亲两个人一起生活。

在我们失踪的半年里，想必母亲也想了很多。我们虽说还不能完全消除心中芥蒂，但是晴还是很爱他母亲的。所以相比失踪之前母子关系改善了许多。

辞掉实习后，晴开始着手准备保育士资格考试。同时，于2018年1月开始在公立学童保育机构打工，3月时也开始在民间学童保育机构打工。不过哪边的工作也没能长久。尤其是后者，简直是个赤裸裸的黑心企业，我们连3个月都没坚持下去。另外，3月份的时候我们还从休学的专科课程正式退学，从4月开始转入函授大学的三年级进行学习。

如前所述，这年4月我们回到了母亲家，几乎同一时期，晴确诊为ADHD，还要准备保育士资格考试。后来，笔试合格的晴在7月通过了技能测试，顺利地取得了保育士资格证。

再后来，8月的时候，我们在函授大学的课上公开了患有性别认同障碍和ADHD。10月，在圭一的主导之下，我们开始着手开发一款名为"cotonoha"的app。

对我来说，2018年就是手忙脚乱的一年，这一年大家几乎都是靠激情在行动。然而，4月确诊ADHD之后，晴的精神状况前所未有地平稳了下来。

我们能够为晴所做的事　　讲述人：结衣

　　像洋祐说的那样，就在不久前，晴和我们这些分身都还很混乱。因为晴一时间很难接受我们。对他来说，在不知不觉中我们夺走了他的时间，甚至他的记忆也缺失了。想来的确是很难接受的吧。加上晴曾经一度接受了自己不断失忆的事实，却在18岁时被确诊患有分离性身份识别障碍。我想，换作任何人，如果自己刚刚接受的原以为自己本该如此的事实，突然被人说是一种疾病的时候，都会焦虑不安吧。

　　在东京上高专期间，晴每天都去上学。然而灯真却会时不时出来到处瞎逛，有时候还会上着课就离开教室。这样一来，我们的出勤就成了问题。后来老师劝我们去接受诊断也有这个原因。但是对于晴本人而言，情况则是"明明我很努力地上学，却总是莫名其妙地旷课"，他对此十分不解又无能为力，因而意志消沉不已。

　　另一方面，我们这些分身担心一旦开始接受治疗，是不是我们就要被抹杀掉。好在那家医院的医生对分离性身份识别障碍表示了理解，他对我们说"不会让你们消失的"，又安慰晴说"分身就是为了保护你而生的"。

　　实际上，分身们都很友好，没有人怨恨或者讨厌主人格晴。如果我们犯了法,也必定会对晴造成不好的影响。所以开始治疗之后,我们重新认识到自己存在的意义,重新开始思考"为了晴,我们能做些什么呢?"。加上晴也渐渐开始信任我们,愿意把时间交给我们。正是因为有了时间,我们才能够做自己想做的事。

能够有如此进展,洋祐和圭一的努力自然是不可或缺的,但是我觉得运气和环境的影响也很大。有理解我们的医生和家人还有职场的同事们,这些晴身边的人们给了他莫大的支持。

所以,应该站在台前的是晴本人,我们一直居于幕后。比如晴的推特账号,我们这些分身也在用,但是绝对不会修改账号名称,因为尽管晴体内有很多分身,但是真正的主角非晴莫属,我们只不过在背后支持他而已。

由于在幕后,那自然不会有分身妄图取主人格而代之。实际上,只要有分身想付诸行动,都是可以成功取代的。晴的求生欲就是如此淡薄,他必定会把他的位置拱手相让。尽管如此却仍然无人取代晴,就是源于所有分身们的共识:先有了晴的人生才有了我们,今后只有晴继续活下去,我们才能继续存在。

晴可以失去记忆,可以抑郁,要是他想,也可以有自杀的念头。他可以随心所欲地做什么或者不做什么,只要活着就好。只要他还活着,我们就会全力以赴地支持他。所以洋祐才经常对晴说"你只要活着就值得一朵小红花了"。我们和晴的关系,就是这样的。

3. 也没有时间

DID（分离性身份识别障碍）流的生活小窍门

讲述人： 洋祐 ▶ 结衣

多重人格的节能之术　　　讲述人：洋祐

　　在晴的身体里，除了主人格晴之外，存在着包括我在内的12个分身。当然，12个分身是不会每天平均分配时间出现的，何况也有的分身几乎从不出现。但是每个分身都有自己的爱好，有自己想做的事。如果所有分身都拼尽全力，一副肉体自然不够用。每个分身都不眠不休地做下去，这样一定会睡眠不足。人们常说"一天24个小时根本不够用"。一个人尚且如此，更不用说多重分身了。

　　我曾在第一章中说过，我是全体分身的守护者。重要任务之一就是对身体健康状态的管理。所以，需要睡觉的时候就去睡。归根结底先要确保大家的睡眠。

　　晴本人在我们这些分身出现的时候是记忆全无的。所以，他总以为自己一直在睡觉，一事无成。然而每个分身，比如圭一就会做app，悟会做"出租先生"给出的作业题，大家还是很忙的。尤其是悟，还特别喜欢向"出租先生"展示自己的成果。因此他最近状态很平稳。所以我们也愿意多给悟一些时间。现在，大家都努力在仅有的24小时之内省下一点自己的时间留给悟。

生活窍门小锦囊　　讲述人：洋祐

话虽如此，时间依然有限。

所以，我们还是需要一些小窍门的。一些职场人士不可或缺的，让工作便捷、效率提高的小技巧。因此，我和圭一会在书店的商业类书籍中的成功学类的书里，试图找到一些能给我们启发的东西。如果不这样借鉴他人的智慧，我们根本无法管理大家的日程以及制定每个人的工作清单。日程管理需要安排好每个人格想做的事情和所需的时间，确定每天的流程，我想这样一来我们的生活才会越来越好。

2019年4月开始，我们改变了对自己生活的认知。那时，晴作为正式员工入职了"放学后日托服务公司"。开始工作之后最重要的事情就是自我健康管理。为了在规定时间内正常平稳地工作，必须让所有人格都共享身体和信息。当然，打零工也需要这样的责任心，然而我们意识到这个问题是在成为正式员工之后。

对现在的我们来说，直接影响健康管理的就是药物和饮食。关于药物，服用何种药物自然要遵医嘱，但是取了药之后，在该吃药的时间段是谁出来就不一定了。所以，为了不忘记吃药时间，我们制定了规则。在此之前，我们以为所谓规则也就是校规和门禁之类的单方面自上而下的规定，是一百个不情愿也不得不遵守的束缚。然而如今却是不可或缺的。能够提前确定好的事情，必须全部都定好。尽管吃药也只不过是早晚饭后而已，只需要饭前在餐桌上把药摆好即可。但是不坚持下去的话肯定会忘掉，所以哪怕是这样的小规则也给我们解决了大问题。

　　早餐我们尽量和母亲一起吃。晴和我们这些分身都对吃饭兴趣不大，有时候没人管就干脆不吃。但是不吃早餐的话必定会因为低血糖而倒下。所以哪怕胡乱吃几口也行，总得塞点东西补充能量。

　　工作日里我们去"放学后日托服务公司"上班都是在下午，上午我们有很多事情要做。主要是要上大学的课程，不过，起床以后首先是悟的时间。他在种香草，只要不下雨就一定要侍弄一下花草。给悟留出养花的时间，能让他放松。他喜欢早上安静的空气。能在这样的空气里有时间和植物们对话，对他来说尤为重要。

　　另一方面，前一段时间结衣提出想练腹肌。她说过她喜欢岚的二宫和也。不过除了二宫和也，最近也有了新的偶像，是一个小剧团的演员。结衣有一个莫名其妙的宣言，就是未来有机会去看这个剧团公演的话，在那之前一定要把腹肌练出来。所以，每天早上上课之前，结衣都会练肌肉，做拉伸，锻炼躯干。

　　刚才我提到了读大学课程。我们是2018年4月转入了函授大学三年级，主修心理学。我们都是上午上课。

　　读这个课程的起因是晴考保育士资格的科目当中，有一门《保育心理学》，我们对此很感兴趣。这间大学还教授除了心理学以外的学科，所以不只是晴，圭一、结衣和我都有课要上。总的来说，晴学心理学，圭一学社会学和法学，结衣学心理学和教育学，我就学他们三个不学的其他科目。

这样一来，每天都有不同的分身出来上课，按照每个分身自己的节奏学习。于是谁学到第几页了总是会混乱。为了管理学习进度，我们将各科的学习进展手动记录在册。当然也有很方便的app可以用，不过学习就是要面对书桌好好记笔记。所以就顺便在手账里记录一下今天学到了哪里，很方便。

任务管理，请看圭一大展身手　　　讲述人：洋祐

我说了半天生活小技巧，但是这样的日程管理基本都是圭一负责。说他是"幕后黑手"也不为过。他特别擅长日程管控，总要求我们"什么时候之前必须做完什么"。在学习方面，从初中时代开始就是他在主导。我也觉得全都交给圭一就行了，对他特别信赖。

前文提到过，中学时代晴为了考高专而苦读过一段时间。那也是圭一在背后主导。尤其是初三的暑假，每天在补习班从早晨9点学到晚上9点。这样一来，哪怕中午休息1小时，也可以保证11个小时的学习时间。在补习班没课可以自习的时间段里，圭一制作了60分钟或者90分钟为单位的并按科目分类的excel日程表。在一个15岁男孩的心中有一个优秀的指导教官，或者说一个精明的经纪人，真的很让人安心。不过，圭一不太会用excel，日程表都是我根据他的指示做的。

2018年晴在考保育士资格的过程中，总共9门笔试科目，圭一将各科真题和模拟考的结果制成一张手写表格，哪个科目的哪里是短板，一目了然。他还在日历上标注好待做事项，标明哪天学哪科，巨细靡遗地管理着晴的学习日程。

函授大学的课程亦是如此。圭一按照科目类别制定了待做事项，我们老老实实地执行就好。这个学校每两周要考一次试。圭一制定的方针是到考试前一天为止，将考试范围复习两遍。为了能够落实，他在日历上安排好了哪个分身哪天应该学什么，还会确认是否按计划学习之后做记号。我们都不讨厌学习，所以没想过逃避。就算想逃，都在一副躯体里也无处可逃。要是我们不听话，说不定圭一就要变成魔鬼教练了。

　　作为日程管理工具，我们也尝试过使用报事贴和聊天软件，不过渐渐地大家都懒得用了。相比之下，还不如直接在脑海里开个专家会议更快，况且按照目前的情况来看在日历上标注每个人该做的事情就已经很清楚了。

　　此外，除了信息共享之外，圭一在家工作时还经常用智能手机的闹钟功能。他总是不知不觉地沉迷于工作，为了提醒自己休息需要上个闹钟。我们对疲劳很迟钝，13个人分享一个身躯，谁都不能自顾自地往前冲。过劳是绝对禁止的。

文理两科都擅长　　讲述人：洋祐

　　函授大学放暑假的时候，爱学习的我们一起决定了各自学习什么。

　　最近，结衣看了"出租先生"的推特下的回复之后，说"日本人的阅读理解能力和词汇量都很匮乏"，于是开始学习现代文和古文。以备将来自己想表达任何信息的时候，不要因为文章水平拙劣而导致对方误读。

　　我想，结衣想学习文科，或许还因为我们是高专出身，一直在学习理科吧。她想重拾文科学习。所以，她开始做圭一选的一本薄薄的参考书，差不多30天能做完的那种。之后她对文科的兴趣日盛，现在又开始学习汉字检定考试①二级。她的目标到底是什么呢？虽然我不清楚，但是我能感受到她努力学习取得成果之后的喜悦。所以我不会打击她的积极性。

　　另外悟现在在学习生物基础和高考物理。关于生物，一方面是因为他喜欢植物；另一方面我们在高专主攻的是物理和化学，没怎么学过生物。对于高考物理题，由于"出租先生"给悟出了大学物理题作业，但是他还想了解一下高中物理，所以也在学。高考物理题的

　　　　　　　　　　　　　　　3. 也没有时间

参考书也是圭一买的,也是一本差不多30天能做完的书。

就这样,最近悟和结衣的学习时间分配得比较多,偶尔圭一也会围观一下结衣学习的内容,并表示一窍不通。晴比较擅长现代文阅读里的"请总结主人公的心情"这样的题目,但是分身们都不会做这种题。所以上午的学习时间经常是一边嘟囔着"一道题都不会!"一边进行着。

为了能保证上午的学习,我们不会在上午安排其他活动。但是,前几天"出租先生"来我家小住的时候,第二天结衣就宣布"今天'出租先生'来了,就先不学习了"。

除了上午的学习,下午去"放学后日托服务公司"工作,还继续做着一份补习班讲师的工作,看起来我们的生活过于紧张。但是,多亏了圭一细致的日程安排,目前看来我们运行得还算平稳。相反,如果上午不学习的话反而会抓狂。

上午的时间如果有富余,就做一做可以在家做的工作,或者搞一搞各自的兴趣爱好。对悟来说,就是做"出租先生"留的作业,尽管这看起来跟学习也没什么区别。或者有时也会做些莫名其妙的事,比如喜欢做机器人的航介会着手改造一下推特粉丝给的荧光棒。

① 汉字检定考试为根据日文读音写出汉字,根据汉字写出读音的一项能力测试。

我（洋祐）是如何诞生的　　讲述人：洋祐

　　话说回来，为什么是我在守护全体分身，或者说扮演一个平衡各方关系的角色呢？这我也不知道。只能说冥冥之中仿佛自有安排。或者就是因为我是第一个产生的分身，虚长几岁的老资格而已吧。在一群很容易就以自我为中心的分身当中，我属于俯瞰或者说是监视所有人的立场，需要在晴由于人格变换而产生困扰时来帮助他。

　　说到"以自我为中心"，其实所有分身都知道终极目标还是把晴的人生摆在最优先的位置。所以，如结衣所说，没有一个分身会想要取而代之。对我来说，我最知道晴有多努力在活着，所以我完全没有挤走晴的想法，老实说，我也根本不愿意代替他走完人生。

　　之前说过，我现在和晴同龄，也是23岁。我是在晴2岁时产生的一个17岁的分身。随着他也长到17岁之后，我们才一起继续长大。所以，对晴来说，在他脑海里听到的我的声音应该是一个比他年长很多的声音。另一方面，对我来说，晴好像一个差着年岁的弟弟。尽管他的性别是女，但在我而言从一开始就把他当作弟弟而不是妹妹来相处。他是独生子，按我的揣测可能是因为他一直希望有个大哥哥所以才产生了我吧。

更或许是因为晴以创造一个兄长的方式，来与自己心中想变成男人的念头达成妥协吧。到如今，尽管我们已经同龄，在我心里还是把晴当成弟弟看待。

对我来说，最早的记忆之一是晴在上保育园的时候。那时他和其他小朋友在儿童坐便器前排成一排，练习上厕所。那时的我心中升起一股莫名的羞耻感，不由得说了一句"太丢人了"。人家小朋友正在努力练习上厕所，17岁的我却在一旁泼冷水，现在想想依然觉得有些歉疚。

这么说可能有点自夸的嫌疑：我觉得从那时开始晴就经常察言观色，对他人的情绪十分敏感。保育园老师们之间的关系好坏，他大概也能感受到。面对心情不好的老师时，我会在他脑海中告诫他"现在还是闭嘴比较好"，这种时候我也能感觉到他也在认同我的看法。

当然，我和晴的沟通只是我单方面传达信息而已。他从不对我提问，也从不回答我。

换个话题,谈谈二宫和也　　讲述人:结衣

　　我一直说"我喜欢岚的二宫和也"。但是,实际上我粉的明星也不是一成不变。原本我是个只喜欢动漫和游戏等二次元人物的宅女。一个偶然的机会喜欢上了岚,然后又回到二次元,然后又回到岚……我就这样在二次元和岚之间摇摆不定。至于岚的成员,最开始我粉的是松润(松本润),回到二次元再回来的时候变成喜欢樱井(樱井翔),再跳回二次元,最后回来的时候终于在二宫和也身上有了着落。对我的偶像倾注真情实感才能让我保持自己的平衡状态,当我情绪低落的时候看一看我粉的偶像,什么烦恼都烟消云散了!

　　不过,虽说我自认是个宅女,我不会为了偶像氪金①,也不想去看岚的演唱会。

　　不然呢? 比如我要是去了演唱会,岂不是污染了现场的空气? 又或者看到真人我突然心脏病发作倒地不起,那不是给别人添麻烦吗? 我的偶像只要活着,我就心满意足了。

　　除了二宫和也,我还有另一个三次元的偶像。那是一个在小剧团演戏的大学生,我在推特可以直接私信跟他交流。这我就可以氪金了呀! 所以我正在存钱。也许是我对演戏的人特别憧憬,尤其喜欢他们沉浸在演技中不断进步的样子。所以这个小演员既是我的偶

像，又是我尊重的人。

那么，这样一个能够私信交流的近在身边的偶像，我是否需要他来承认我，换句话说承认"结衣"的存在呢？其实这也很难说。我们毕竟是为了协助晴才存在的，我们是幕后人员，永远不会走向台前，所以根本原则就是作为一个名为"晴"的人来生活，被人认可。

当然，要说我完全没有希望别人承认我作为一个独立的人的心态，也是自欺欺人。我们的推特粉丝里也有人说过"好想见见结衣呀"。听到这话我也很开心，但这样的念头与我们全体的生存理念是相悖的。

晴面对着一个无法独自活下去的世界，我们所有人必须齐心协力地生存下去。我认为这是一件非常好的事。对我来说，身为女孩却非要作为男孩去生活的确不容易，但有时候也会有一举两得的感觉，也挺开心的。

---

① 原为"课金"，指支付费用，特指在网络游戏中的充值行为。类比至追星氪金，即意为在追星过程中产生的一系列消费行为。

共同拥有晴的心　　　讲述人：洋祐

说到"生活小窍门"，这里的生活通常指一个人的生活。然而我们不止一个人，必须在分身间共享信息。行动、记忆还有感情也是。我们这些分身之间可以共享记忆，还有结衣说过我们会经常开专家会议直接交换意见。

但是，我们这些分身和晴直接交流直到今天也只有一次。那是晴17岁的时候，他第一次跟我们说话。他问"你的名字是？"，圭一回答"圭一"。之后，晴与我们之间再也没有什么对话，但我们非常理解他的心情，正因为理解，才能像现在一样代替晴聊他的生活。

晴的脑海中能听到我还有圭一、结衣他们的声音，对这些声音，晴不会回答或者提问。对他来说，他不认为跟我们说话就会有回应，对我们来说，他就算不回答我们也知道他在想什么，所以根本无所谓。

多年老友之间是可以互相倾诉烦恼的。但是晴无法与我们共享记忆，他也不能参加专家会议。然而无论是晴的情感还是想法，全体分身们都能意识得到。

我们如何能够察觉晴身心上的不适呢？

因为晴的不适，会表现在分身身上。

　　这解释起来有点复杂。假设春斗在哭，那会是什么原因呢？归根结底肯定是晴遇到了什么烦恼。某个分身痛苦不堪的时候，通常都是主人格晴有了负面情绪的时候。

　　曾经有段时间，总是在晴去学校的时候，灯真就会跳出来往和学校完全不相干的地方去。灯真之所以不去学校，是因为晴自己心里有不想上学的念头。但晴无法不去上学，所以灯真替他逃避。

　　更复杂的是，晴不想上学的理由即使我们清楚，晴自己也一无所知。到最后，只有我们来告诉他。

晴的小变化　　讲述人：洋祐

　　如前所述，晴比他的同龄人经历得更多，痛苦的回忆也更多。或许"回忆"二字并不确切。他并不明白自己痛苦的原因，甚至有时根本不知道自己正在经历痛苦。

　　晴知道分身的各种反应，但却不知道起因。所以最初他觉得是在自己还未察觉的时候，分身已经做出了某种行为。尽管分身的行为其实全都源自晴自身的感受。

　　最难的是，如果明确告诉他"那都是因为你自己这样想才会如此啊"，只能加深他的症状。所以我们只能委婉地问他："你心里是不是有什么不舒服的地方？"

　　比如晴潜意识里觉得"我不想去上学"的时候，我们如何让他自己认识到这个事实呢？对晴来说不过是"灯真又随便乱走，我才去不了学校"。但是导致灯真乱走的是晴自己，不明真相的也只有他自己。

　　为了让他意识到，我或者圭一会问他："你今天有什么其他需要出去办的事吗？""也许有什么缘故需要跟学校请假吧？"这样他就会扪心自问，进而察觉到自己也并不想去学校。但是对于不想上学的理由还是不清楚。所以我们只有继续启发他："什么时候开始不想

　　　　　　　　　3. 也没有时间

去学校的?""是不是课很没意思?""是不是不喜欢那些朋友?""是不是讨厌老师?"这样一项一项地问下来,让晴努力自己推导出一些结论。或者可以说就是所谓的自问自答,我和圭一负责"自问"的部分。

于是,他开始能够渐渐察觉到自己的问题。最终他可以得出一些结论。比如,"不是课程、老师、朋友的问题,是教室的气氛本身就不舒服。觉得有压迫感,无法融入""跟学校的心理咨询老师也谈过了,但是没用。所以更加烦恼,更不想去学校"等。

就像这样,我和圭一一点一点地解读晴心中迷雾,或者说是帮助晴了解自己。这种时候,其他分身就在一旁看笑话,当然,帮助晴正是我和圭一的任务,责无旁贷。

但是,如果晴能听到我或圭一的声音,说明他状态还不错。一旦他真正陷入抑郁,就可能谁的声音都听不到。现在他在持续服药当中,所以通常状态不会太差,以前就时常会不太好。一旦遇上这样的情况,只有先让他休息。要么让他睡觉,要么让其他分身出来代替他一阵。然后等他有精神了,我和圭一再来帮他一起回想"怎么又发病了呢"。其实就是让他自己回顾。这并不是敦促他反省,而是单纯地让他找一找发病的原因。

比如,如果是因为朋友的一句话而不舒服,我们会帮他纾解。比如,"你对朋友的话是怎么想的?""不过,那个朋友的话真的是你想的那个意思吗?""也许人家只是开玩笑,你别当真啦""那下次这么想就好啦"等。等他肉体上休息好了稍微恢复一些,我们就从精神上帮他复健。

我认为晴是有所成长的。

但是，一旦陷入抑郁就无能为力，这一点依旧没有变化。这方面还需要我和圭一继续帮助他。但是他面对他人言论时的反应，已经明显有所改善。

比如，网上发的对我们的采访内容，有人在评论中批判我们。对此晴已经可以做到置之不理了。换作从前，他可能早就意志消沉，现如今却可以轻松地安慰自己，觉得"有的人就是喜欢跟人找茬，没办法"。

3. 也没有时间

情绪是人格更迭的导火索　　　讲述人：洋祐

　　我们分身之间既共享记忆，也共享感情。这种时候，有可能会和其他分身产生共情。

　　这是因人而异的。比如我就比较容易共情。所以如果结衣很悲伤，我也会悲伤。

　　春斗和悟会担心陷入悲伤的结衣，但是并不会和她一样悲伤。

　　圭一会摆出一副看电视剧一般事不关己的表情。也可以说他的性格有点淡漠，并不会轻易被旁人所左右，也不会受其他分身的影响。于是，有人容易共情，有人只是同情，有人漠不关心，什么样的分身都有。

　　主人格晴是极为脆弱敏感的。然而他在面对由于失恋而伤心不已的结衣时，全然不为所动。明明结衣的恋人也是他的恋人。所以，晴无法跟结衣共享同一种悲伤，对他来说结衣不过是个旁人。其实，晴对自己是什么样的感情也并不清楚。即便有所感觉，也只是"讨厌/不讨厌""愉快/不愉快"之类，非常泛泛。

　　在我们当中，灯真属于好恶非常明显的。就业宣讲会、面试、开会等需要西装革履的正式场合会让他感到僵硬难受，厌烦不堪。每当晴必须出席这样的场合，灯真就会出现。就像刚才说的去上学时一样,正是因为晴有了不想去这种地方的情绪,才成为了灯真出场的导火索。

说起导火索,比如摔碎盘子或者其他发出类似巨响的事情发生的时候,"惊恐"也会成为导火索,让13岁的悟现出现。还有一个类似"恐惧"的场景,就是如果我们遇到危险,19岁的圭吾就会逃跑,或者出来保护我们。值得庆幸的是我们没怎么遇到过危险。所以圭吾也不怎么出现。

实际上,晴19岁的时候被性侵过,曾想过跳轨自杀。圭吾恐怕就是那一次诞生的。

对于我们这些比较老实的分身来说,离我们最遥远的感觉就是"愤怒"。我们这些分身都不会生气。圭一有时候可能有些烦躁,但是从没有过对特定的某人大怒一场。有时候结衣会唠叨圭一"真气人""我生气了"之类的,但那都算不上是真正的生气。

我们分身之所以缺乏愤怒的情绪,是因为主人格晴就不会生气。晴要是被人说三道四的话,生气之前就先萎靡了。

还有,不仅是愤怒,晴其实也没什么其他的感情。或许是因为他的感情也一起被分离了,也或许他是为了放弃所有的感情才放弃了所有的记忆。

前面说过,晴的痛苦和快乐都同样会被遗忘。可能是因为他自己判断自己不需要这些记忆吧。我们虽说帮他保留了记忆的备份,然而也在不断地流失。

比如"cotonoha"这个app。负责编程的是圭一,但是app的核心,或者说夸张一点,它的思想和哲学的部分是晴本人开发的,然而他完全不记得。就算有用户说"幸好有'cotonoha',它真是我的救星",晴也只觉得事不关己,"哦"一声而已。

外表管理　　　讲述人：洋祐

　　说到我们的外表，最近我们的发色染成接近金色的浅棕（也可能变红，起码现在还是浅棕）。决定染这个发色的是灯真。他负责时尚的部分，对我们的发色和服装拥有决定权。结衣也负责时尚，不过她太想穿女装，所以还是会选比较中性服装的灯真更加自然地成为首选负责人。结衣也相信灯真的眼光，对他选的衣服也没有异议。

　　那么为什么染金发呢？灯真的理由是"染一头金发就没人敢撞我们了"。他有个莫名其妙的想法就是擦肩而过的时候总是有人故意撞我们，但是染成金发别人就会躲着我们。染了金发以后感到最震惊的恐怕就是晴了。因为一觉醒来居然变成了金发。但是灯真之所以能有这样的想法，可能还是源于晴自身"不想再让别人撞我了"的想法吧。

　　虽然决定染发的是灯真，但是负责去美容院的是结衣。她当然觉得发型很重要，不过更喜欢的是在美容院里享受头部按摩以及跟美发师聊天。我们长期去一家美容院，指定的美发师是女性，所以结衣也不用刻意装成男生。我们从旁观察，觉得这对她来说是可以回归本真的美好时光。因此，去美容院对结衣是一种褒奖。所以，如果圭一不识相地去QB House①随便剪个头发回来,结衣会发怒的。

　　结衣本人也说过,她常和圭一发生冲突。最近,圭一一说起"不喜欢白T恤衫的长度",所以就跑去无印良品买了无漂白的棉T恤回来。结衣再三强调过"买衣服至少要么买无印良品,要么优衣库,要么GU"。所以圭一还是遵守了这个底线的。但是结衣还是提出"无漂白T恤汗渍太明显,不行!"。结果,还是重买了深蓝色的。这回结衣又提出"没有跟它搭的米色裤子。得找一条比较宽松的"。于是,她现在正在跟灯真寻找合适的裤子。但是为了我们每天能够保持同样的外形出现,上下身必须各买两件,且预算有限,所以他们俩特别纠结。虽然圭一负责管钱,但是对于服装,他认为能穿就行,所以一直冷冷地催促着赶紧买完就完了。

　　结衣和灯真挑选服装的条件除了上述之外,还包括家里能够机洗的,中性的,不能带图案的。除了这些条件,选购时还要考虑与我们现有的外套是否搭配,或者临时决定质地要选棉织物等。当大家掘地三尺找到一件称心如意的衣服时,也是成就感满满。有一次由于太过开心,买下来直接就穿上了。
　　那次购物之后的当晚,圭一和悟想去看电影。那是一部"出租先生"在推特上提到过的叫作《平行世界·爱情故事》的电影。正好当天晚场是最后一场,看完电影就很晚了,所以我不是很赞同。这时结衣提出"去看电影也行,但你们要给我买条裙子。不然我就回家"。于是那天真的给她买了裙子,那天对结衣来说实在是太美好的一天了。

---

① 日本的平价连锁理发店品牌。

时尚造就一个人　　讲述人：结衣

　　洋祐之前说过，我在学现代文和古文。原本没那么喜欢学习，都是被迫的……我觉得一个日本人连日语都看不懂就太糟糕了。原因当然有"出租先生"的推特下面有好多人误解他的话，所以我想学，那回到我们自己身上，我的阅读理解能力就很强吗？

　　加上我是个宅女，却对自己的偶像除了"神圣"之外没有其他形容词了。这种憋不出其他词汇的难受让我想增加自己的词汇量，这时我想到除了现代文，其实古文也很有意趣，学习一下一定会带来很大改变。

　　最近，我还在学习汉字检定。我一边觉得"我特别努力"，一边觉得都是些常用汉字很易读，然而完全不会写。比如"挨拶"①。我意识到会读不会写的汉字比比皆是。还有些考试题要回答部首是什么，这我也不会。

　　原本我特别不擅长学习。作为晴的分身诞生至今，你要问我最痛苦的事情是什么，莫过于在东京读高专的时候让我上课记笔记了。我真就这么讨厌学习。高专那些数学、物理什么的全然不明白，没有比听不懂的课更无聊的了。但是不好好记笔记就会被圭一骂。我让圭一自己出来记,他又不出现。当时大家都拼命学习,我也尝试说服自己努把力,但是瞬间就泄气了。听不懂就是听不懂啊。

这样一想,虽然文理科有所不同,但我还是成长了一点点的。或者说,改变了一点点。

洋祐也说了服装的话题,我的确十分信赖灯真挑选衣服的眼光。因为他眼光比圭一强太多了。圭一只要是格子花样的衣服就什么都可以,我倒是想说,二宫和也穿格子和他穿格子完全是两回事好吗? 现在,我正在跟圭一闹别扭,都是关于钱。

洋祐提到我们要买米色的裤子。然而在预算内实在找不到称心的。我们的预算差不多是一条裤子10 000日元出头[2]。圭一让我们买两条一共不要超过25 000日元[3],但是我看上的那条裤子一条就要25 000日元。

那一定有人会问,反正都是在预算25 000日元以内,买我看上的那一条不就完了吗? 不是这样的。我和灯真会指定好上衣和裤子的搭配,同样款式的买两件。如果只单独多一条裤子出来,肯定会有人(以圭一为首)出来瞎指挥出一身奇怪的装扮。

还有,可能这也算一项生活小窍门。我们在实施一种极简主义的做法。就是买两件衣服,必须淘汰两件。也不只是衣服,一些小的生活用品也是如此。因为不管是晴还是我们分身都不太会整理东西。整理不好就要淘汰得勤快一些。

所以,有可能有的分身随便扔掉或者通过mercari卖掉了哪件衣

---

① 日语中意为"寒暄、问候"。
② 约600元人民币。
③ 约1 500元人民币。

　　　　　　　3. 也没有时间

服，碰巧这件衣服是其他分身喜欢的。从这个意义上来说，无印良品或者GU这样的品牌就比较理想了，因为随时可以再买到。

相反，也有的衣服大家都不喜欢。比如我以前买过修身窄脚裤，谁都不愿意穿。"不喜欢有弹性的质地""太贴身看上去别扭"，各种意见都有。我就只能说"是吗……"。估计那条裤子不久就要被遗弃了。

然而，礼物之类的东西我们很难丢弃。最近，推特粉丝经常送我们礼物。比如护手霜什么的。所以我们已经攒了很多护手霜了。我们很感激大家，一直在慢慢用，用不了的就分给母亲和祖母她们。不知为何祖母对那种有卡通人物的护手霜特别喜爱。

说到礼物，有个粉丝给我们买了耳钉。严选了男生也可以佩戴的样式，我们还开了专家会议，就同意佩戴达成了协议。真是太好了。在此想对这位粉丝道个谢。非常感谢。

共享记忆和感情当然很重要，但是外表也很重要不是吗？每次见面都改变服装和发型的话，大概会被认为是个善变的人吧。"可我们的人格就是在变嘛"——我都能想象圭一揶揄时的样子。

4. 人数太多

我们能做主人格的救生圈吗?

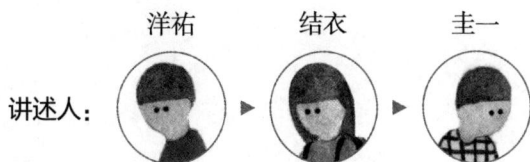

讲述人:　　洋祐　　　　结衣　　　　圭一

 ▶ ▶

评论过千的重负　　讲述人：洋祐

2019年夏天，一家名为HARBOR BUSINESS ONLINE的媒体采访了我们，该采访被日本雅虎新闻转载，引起了很大的反响。

推特粉丝也一口气增加了5 000多人。起初以为推特上会有很多批判的留言和私信，但是很意外地并没有。当然，只看雅虎新闻和5chan①上的评论，也还是存在批判言论的，但是专门到我们推特账号下面来骂人的似乎并不多。

我们的推特账号下面的好意或者中立的留言中，也有和我们同样症状，也就是患有分离性身份识别障碍的人前来咨询。这种咨询在专访刊载之前偶尔也会有。比如，"我是不是多重人格呢？"这种问题。我们也无能为力，只能回复"请咨询专家"。

不光是分离性身份识别障碍。我想任何疑似患有精神疾患的人，可能的话都应该向居住地的保健师或者行政机关寻求帮助。因为自己去医院，首先门槛很高，其次治疗费也很贵，但是如果提前跟当地政府部门的残障人士福利部门打招呼的话就可以减轻自己的负担。现在，我们在运营的"cotonoha"这个app开设了LINE②的公众号，也在尽量把前来咨询的网友们转接到保健师或行政机关那里。

当然，这样也不可能解决所有问题。每个地区的应对措施也各不相同。我们居住的地区，市、区、町、村几个行政级别里，以町为单位配备有保健师。其他地方可能会有所不同。但是，从制度上来说保健师是一定有的。

这样的信息原本应是国家负责说明的，然而很遗憾还是有很多人不了解。比如申请残障人士年金，如果先利用"自立支援医疗"政策在医院接受治疗超过半年以上，治疗费的个人负担额就会从30%降到10%。如果这样的制度能够广为人知，那么由于经济原因而犹豫是否该去医院接受治疗的人多少会轻松一些吧。

还有，关于就业问题，有一项行政服务叫做劳动过渡支援。根据这项政策，最长可以使用两年劳动过渡支援事业所的帮扶项目。在这期间可以调整自己的生活节奏，让就劳移行支援事业所协助完善简历、练习如何接受面试等。当然，他们也会做职业介绍。不知道这项服务的人，往往会直接去hello work[3]。但是，如果在hello work找面向残障人士的工作，必须提供残障人士证明。而申请该证明又必须去医院，所以对残障人士来说很麻烦。

如果行政的门槛过高，一些连外出都困难的人可能好不容易下定决心积极面对治疗和就业，却先从精神上疲惫不堪了。为了避免这种情况发生，才会有各地区的保健师或者政府部门负责人的免费

① 日本最大的网络论坛。
② SNS软件。
③ 日本政府开设的面向大众的职业介绍所。

咨询制度。所以，我们认为，一定要先跟他们联系，然后就支援制度等全方面内容向专家事无巨细地确认好。像这样的信息分享，我个人也想做下去，同时我们的主人格晴也想考社会福祉士资格。

如刚才所说，我们都会将分离性身份识别障碍的相关咨询转介给相关专家。但当事人提出想和我们见面，我们都会拒绝。因为如果得的是同一种病，总是不自觉地会被比较。

比如，有人会说"晴，你看我们得的虽说是同一种病，你就什么都会，我什么都不行……"。我们讨厌让人觉得自己低人一等。我们很希望和别人划清界限。但是情绪低落的人总是容易陷入无法区分自我和他人的困境。如果患的还是同一种病，那更加容易同病相怜。但是，即便得的是同一种病，也未见得吃过一样的苦。对何事产生何种痛苦，绝对是因人而异的。所以，比较是无意义的，也根本无从比起。

只有过一次，我们和一位当事人见了面。见面之后，这位患者给我的推特发来私信，大致意思是"为什么我这么没用呢"。见面的初衷当然不是让对方产生这样的念头。我们希望能让别人感受到即使多重人格也有人笑着、开心地活下去。希望能让对方快乐一些。但这次经历让我们明白对方可能会往不好的方向去想之后，我们就将交流仅限于转介保健师和行政部门了。

那么我们为什么会接受HARBOR BUSINESS ONLINE的专访呢？并无特别的理由，只是单纯觉得他们不是什么坏人，接受采访也无不可。见记者和见推特网友也没什么太大差别，实际上是否能最终成稿也未可知。只要人家听了我的经历能够付之一笑就可以了。

那次的记者非常真诚，后来还让我确认了稿件内容，我们也没有要求人家大改。只是，结衣对文章中出现的"岚的二宫和也"有点不舒服,她觉得直呼姓名不太好。

　　不管怎样,后来那篇专访被日本雅虎新闻转载,引起了很大的反响。这是我们未曾想到过的。当时,雅虎新闻的点击排行榜上,我们的新闻就排在ZOZO TOWN^①当时的前泽友作社长的新闻下面。大家都很震惊,纷纷表示:"哇,我们的新闻居然在准备登月旅行的人后面!"^②但是,我们并没有靠宣传自己分离性身份识别障碍来出名的意图。这只是一场如实作答的访问,也没想到会有各色人等做出反馈,对我们来说这仿佛是一件与己无关的事情。

　　尽管感觉与己无关,对于在推特上带评论转推这篇专访的人,我们尽量一一翻看了评论内容。说实话,我们最大的感受就是"原来大家对别人的人生这么有兴趣啊",以及"每个人都活得不容易,还来关注我们"。哪怕是质疑我们在说谎的评论,那也是需要按下按键转发,要么用电脑要么用智能手机一个字一个字打出评论——这也是很费工夫的啊。说明那篇专访是有让这些人费时费力的价值和意义的,或者让他们觉得值得为此做出一番表达的。在雅虎新闻有超过1 000条评论,数量太多我们没有看全,但是也感受到了大量的评论是多么沉甸甸。

　　还有,我们的专访刊载之时,恰逢"出租先生"来我家小住。我们也跟他聊了这件事。他帮我们转发并附上一句"非常有意思"的评论。这也推动了该文章的转发量。因为"出租先生"说有趣是有一定的可信度的。我们都感叹,互联网真是太厉害了。

---

① 日本服装电商平台。
② 因为前泽友作计划未来实施私人登月。

社会对ADHD的认识　　讲述人：洋祐

　　直到不久之前，我们都处于一种绝不可能接受采访的精神状态。从这个角度来讲，如今的晴状态可算是十分稳定的了。正如第一章中所说，他在2018年4月被诊断为ADHD，总算弄明白了自己活得如此艰难的理由之一。我想这也是为何他得以改善状态的原因之一。

　　其实，确诊的时候晴并不吃惊。因为就在那之前的1月到3月，我们在学童保育机构打工。在那里照料过的孩子当中，有人确诊ADHD。也就是说，晴从某种程度上已经了解到世上存在这样一种疾病。所以当他得知"啊，原来我也是这样的"的时候，尽管有些许意外，还是坦然地接受了现实。

　　同年8月，晴在自己就读的函授大学的面授课程上，公开了自己患有ADHD以及性别认同障碍。我觉得他本人也没有多想，只是出于一种"说了也无妨"的轻松心态，又或者可以说他多少有点豁出去了吧。

　　之后同年10月，他又参加了一场名为"自我展示"的活动。顾名思义，就是一场在众人面前介绍自己的活动。那时晴正准备找工作，在他思考做什么能对此有帮助的时候知道了这场活动。于是依旧没有多想，只是抱着一种"去试试看"的轻松心态参加了活动。

在活动中，晴讲述了自己的疾病和人生经历，并没有指望听众能够善意地接受。但也许是因为当天的参会者中恰好有发展性障碍和智力障碍人士，与他预期的相反，会场的反应充满善意和温暖。我想这也给他带来了十分积极的影响。

另外，这几年，发展性障碍已经逐渐为人熟知。但对于分离性身份识别障碍，很多人依然觉得陌生，时常会招来异样的目光。因此很多人在活动结束后来找晴攀谈，其中就有我们如今就业的"放学后日托服务公司"的人。

晴跟他们提到自己有保育员资格证，并且（圭一）还会编程。正好对方需要具有编程能力的员工。于是从12月开始，我们就去"放学后日托服务公司"帮忙，并于次年4月正式入职。现在回头来看，连我们自己都不得不感叹，这真是种种幸运叠加的结果。

我很欣慰，发展性障碍这种疾病已逐渐广为人知。当然，总会有一些误解与批评。但是我想，不论正面还是负面的声音，能让更多的人知道这种疾病的存在本身就是一件很好的事。尤其是最近几年，"成年人的发展性障碍"开始成为热门话题，让人们注意到不仅是儿童，成年人也会深受其苦。在这一趋势下，社会可以从多种角度理解异常行为发生的背景，我认为这是很正面的。

但同时，我也希望大家不要被"发展性障碍"这一术语所限制。我们在"放学后日托服务公司"照顾的孩子里，有不少是ADHD或者ASD。尽管有些小朋友确诊的是同一种疾病，但他们每个人的行为和思维方式往往完全不同。所以，我希望大家不要用"那个人就是发展性障碍"这样的说法一概而论。

另一方面，对于分离性身份识别障碍而言，社会上对其认知仍浅。正因如此，"那是装出来的吧？"这类否定的意见，对我们来说也算不上是多么负面的反应。因为从质疑我们是装出来的这一时点，说明对方已经意识到分离性身份识别障碍是怎样一种病了。彻底无知的人，是根本连否定都不会的。总之，能让更多人知道此病的存在就是我们的目的。

其实，人总是不愿意接受自己无法理解的事物。要么就试图用已有的知识去解释。质疑我们是在表演的人，或许正是如此，所以被这种人批判，对我们来说也不会造成多大伤害。他们这样想，也没办法。就当耳旁风了。

分离性身份识别障碍在医生当中也是存在分歧的。有些专家不认同该病的存在。从患者的角度来看，无异于折磨自己的病痛被全盘否定了。即便觉得患者在撒谎，作为专业的精神科医生，其职责难道不应该是理解患者，并对患者采取一些药物或者心理治疗吗？

幸运的是，我们遇到的三位分离性身份识别障碍的主治医生都勤勤恳恳地对待我们。最开始的那位是普通精神科医生，我们为了拿诊断书才去那里看了两三次病。第二位医生就是告诉晴，分身是为了保护他而生的那个有点神神叨叨的医生。这位医生人品没得说，但是治疗方针不太适合我们。所以当时就读的高专的心理咨询老师给我们介绍了目前我们接受治疗的大学附属医院的这位医生。现在，多亏这位医生的治疗，我们的情况有所稳定，觉得十分幸运。

从走钢丝到过吊桥　　讲述人：结衣

HARBOR BUSINESS ONLINE 的专访刊载之后，我和洋祐一样，非常震惊于原来那么多人对别人的人生有兴趣。当然也感到非常荣幸。读了我们专访的人，如果能够了解到这世上还有我们这样的人存在，我就觉得很好了。就算是批判也无所谓。不管怎么批判，我们这样的人是真实存在的。

对我来说，不过是嘲笑一下"专访还配了晴的照片呢，好好笑"之类的而已。还有就是带了二宫和也的名字，说不定他本人会注意到呢！我还跟"出租先生"说，让他再出名些，争取早日跟岚一起上节目，电视也好电台也罢，只要能帮我带点二宫和也身边的空气回来就好。我会给他准备好塑料袋的。

刚刚洋祐介绍了为我们这种残障人士制定的各项支援政策。那都是晴自查自学的。晴基本上可以说是个废柴，什么都记不住，随时需要洋祐和圭一的帮助。但是，他一旦有了自己想做的事——比如考取社会福祉士资格——就会一直朝着这个目标前进，毫不动摇。决心考高专时也是如此。我既不擅长做调查也不擅长学习，所以我很尊敬晴。

当初考高专的理由有一项是因为晴不想穿裙子，属于负面动机。想做社会福祉士的理由就不同了，只有正面动机。可能很大程度上因为现在服用的药物起了作用。他的ADHD症状得以缓解，并且尽管借助了药力，症状缓解还是给他带来了很大的自信。在这之前他苫于不知道何时就会发病的恐惧，就像在走钢丝一样。现在，差不多就像是过吊桥似的感觉吧。

如今，我们在推特和note上发文。这对晴的影响也是很好的。总是发负面信息对谁都没好处。我们相信"言灵"①一说。把心之所想说出口，就有可能成为现实。每天告诉自己"你不行"，就有可能真的不行，而每天告诉自己"你是天才"，就有可能真的成为天才。

在note上发博文的时候，以前我们曾经写过一些痛苦、悲伤的东西。但是最近，就算以负面话题开头，也通常会以积极的态度结尾。不仅晴是如此，其他分身来写也是如此。究其原因，不过是因为博客的读者显著增加，我们不想让这些专门前来阅读的读者郁郁而归而已。

推特也是。我们一边试图在140个字的限制里总结我们想要传达的信息和表达的内容，也试图在其中增加一些笑料。大家总是会对文字细细推敲。但是对于不限字数的note，我们通常就没那么仔细，只是有意识地不让文章太过冗长。基本上写个10分钟到20分钟就发上去了。

最近我们见推特粉丝的机会也增加了，我会很努力让粉丝们开心一笑，希望能让人家愿意再次见到我们。我们希望别人了解，即使我们的人生背负很多问题，但依然没心没肺地快乐生活着。

_____

① 意为语言有成真的魔力。

晴有个原则就是"改变身边半径3米的世界"。究其原因与洋祐之前提到的那场"自我展示"活动有关。参加活动的时候,晴想找一句自己的标志性口号,于是想了这样一句话。它的意思就是在自己力所能及的范围内,改变哪怕一点点的世界。真是一句谨小慎微的口号。

或许这和以前看过的节目有关。有一个叫做"7个规则"的节目,里面有人提到过"哪怕让世界变有趣3毫米",可能是这个节目影响了他。

还有,晴还喜欢高杉晋作的一首俳句"世界本无趣　使之趣横生"[①]。事实上,晴可能真的有在这个没什么意思的世界里活得精彩有趣的能力。不论是工作还是学习,哪怕他觉得心烦意乱,也会努力启发自己"这样做说不定能变得有趣一些呢"。我愿把这种做法称为"努力",而晴厉害的地方就在于他不认为自己在刻意努力。

所以,比如在补习班里遇到圭一懒得应付的学生,晴就会教得很好。他虽然是废柴,但这方面还是有所长的。

不过,晴不愿意承认自己擅长什么,甚至似乎不认为自己有什么长处。可能他已经做到了改变身边半径3米的世界,却还不自知。

---

① 原俳句"おもしろきこともなき世をおもしろく"。

药的作用和副作用　　讲述人：洋祐

　　如结衣所言，尽管发生了很多事情但晴依然是个愿意积极面对的人。与我们这些分身相比，他的积极性也是极高的。然而，他却认为自己是个"纯粹的自杀志愿者"。的确，他从小就对自己的存在持否定态度，现在尽管弱化了很多，但依然有自杀的念头。或许是由于他对自己不断失忆依然感到有些内疚。

　　即使如此，晴依然活着。由于不断失忆，在他不知不觉中周围发生了很多事。他告诉自己就把一切当作惊喜。哪怕忘记了某段经历，就把它重新当作未知，期待未来会再次体验。他用自己的方式纾解，才能让自己的内心平静下来吧。

　　加上性别认同障碍、分离性身份识别障碍，以及ADHD，这些让自己活得辛苦的理由终于明明白白在眼前摊开后，他终于能够告诉自己"反正都是活着，那就向前看吧"。人随时可以去死，但是如果刚找到自己想做的事时却已经快死了，那就什么都做不成了。所以，不如以活着为前提去思考。因为他能活下来，还能信任我们，才能得到我们的协助积极地活下去。

　　晴的想法对我们的存在方式也有很大的影响。不是我自夸，我们分身基本上都是阳光而且善良的。

○　　○　　○

　　刚才，结衣提到了药物的话题。我们现在服用的药有5种，分别是：抗抑郁、抗惊恐的左洛复（舍曲林），控制由于双极紊乱（躁郁症）导致的情绪变动的拉莫三嗪，控制癫痫发病的氯硝安定，抗精神病药物安立复，以及针对ADHD的专注达。

　　早餐后两片左洛复、一片专注达，晚饭后一片拉莫三嗪、两片左洛复、一片安立复，睡前还要吃一次氯硝安定。之前说过了为了饭后不忘记吃药，我们一定要把药在桌上摆好。此外，还有按需服用的顿服用药[1]：具有解热镇痛效果的退热净和防止恶心呕吐的多潘立酮。

　　给我们开出这个组合药方的是大学附属医院的分离性身份识别障碍主治医生。也是前面说过的我们的第三位主治医生。多亏这些药物，我们相比以前对于疲劳的认知能力已经好转了很多。还有以前单靠左洛复没能控制住的抑郁症，加上拉莫三嗪之后也控制住了。同时，也有药物副作用导致的恶心，所以需要吃顿服用药。
　　另外还有一个症状，不知道能否算作副作用。就是自从开始服用专注达之后，圭一的性格开始变得稍微有些攻击性。这一点让结衣很害怕，于是我们就和主治医生商量了一下。医生说："如果今后发现会给周围人造成影响，或者对正常的社会生活造成困难的话，哪怕只有一点苗头，我建议还是住院比较好。"同时也停掉了专注达。

――――――――――

[1] 顿服用药一般就是口服的意思，多是指单位时间内的用药量一次性服下，可以有效将药物的作用集中起来，更好发挥作用，对人体达到很好的治疗效果。如果分开服用，可能会影响药物的疗效。

我想圭一本人应该已经不记得了，我当时特别担心。但是跟医生好好聊过之后，圭一也重归平静。现在我们重新开始服用专注达，医生也认为我们没有住院的必要了。

由于服药的效果，抑郁症状得以缓解，晴也不再提轻生的话题了。我想可能他只是嘴上不说，心里或许还有这个念头，但也已经不至于呼天抢地地要死要活了。每天早上，他能够起床，做好准备然后出门。重新过回了人的日子。原来单凭吃药就可以改善到如此地步，我十分震惊。

晴一旦抑郁，我们这些分身也会受影响。如第一章的脑内示意图所示，晴开始抑郁后他所在的水槽中的液体会产生变化。原本是无色透明的，慢慢会变成仿佛有毒的色彩，同时也会变得更黏稠。然后这些黏液会溢出水槽，似乎触碰到这些液体的分身也会变抑郁。之所以用"似乎"二字是因为我和圭一都对这种情形实际上是怎样的并不了解。此时，大家只有四散逃命，逃晚了就可能染病。但是春斗好像能看得很清楚，我和圭一都佩服他为什么能看得到。

同时，春斗有时还会说什么"坏了，圭一哥哥背后长出了触手一样的东西"。据说这触手还会从粉色变为紫色，这时情况就更加糟糕，春斗会开始惊恐地又哭又叫。我和圭一尽管看不到春斗眼里的景象，但是看到他这样苦恼就能察觉到危险信号，并做出"抑郁要发作了，赶紧让晴去睡觉"的判断。

○　　○　　○

之前说过，晴开发了一个名为"cotonoha"的app。简单来说，这个app完全匿名，谁都可以上来宣泄情绪。晴想到这个点子，是由于受到其中学时代的遭遇的启发。

当时，晴从学校老师那里拿到一个能够倾诉烦恼的咨询室电话。但是打过去，那边负责咨询的人只是告诉他"看看电视放松放松吧"。我想那个人应该没有恶意。但是晴是真心想找一个能够听他倾诉的大人，如抓住救命稻草一般地打了那个电话，却得到这样一番让他失望透顶的回复，于是他难过极了。所以他才立志要创造一个谁都可以畅所欲言，而且有人倾听的地方。

当然，这个app实际上是圭一制作的。圭一从晴那里听说他希望有这样一个app，就自说自话地做了一个还发布了出来。晴看到以后既震惊又大感钦佩。开始着手开发这个app是在参加2018年那场"自我展示"活动之后，大概11月到12月期间。这部分可能还是让圭一本人来说明比较好。

"cotonoha"这个平台　　讲述人：圭一

　　大家好，我是圭一。如洋祐所说，开始做"cotonoha"是在2018年11月左右。这并不是一个需要复杂开发工序的app，制作周期也就是1个月左右。更难的是通过app商店的审核。Google play那边很快就通过了，但苹果那边花了好几天才过。

　　"cotonoha"刚上线的时候分为"家庭（home）""学校（school）""生活（life）"三个专区。"家庭"和"学校"就是字面意思，大家可以就这两个场景发言，"生活"其实相当于"其他"。每个专区都容易被比较阴暗的话题占据，于是有用户建议"能不能有个比较积极向上的发言专区"，所以又开了一个"积极向上（positive）"专区。

　　"cotonoha"是免费的，也是匿名的。无须登录账号，想说几句的时候就可以上来说说，什么时候说的、谁说的，都不会公开。这是我最在意的部分。在审核的时候，苹果曾经发来邮件提出"不登录账号也没有拉黑功能的社交软件是不能过审的"。对此，我回复"这与'cotonoha'的理念相悖，是无论如何不能妥协的"。幸好最后还是过了，现在回想一下苹果居然也真的给我们通过了。

　　所以，目前这个app还是和晴最初的理想很接近。就是一个能够随心所欲倾诉的地方。他自己也从别人在"cotonoha"上的发言中

　　　　　　　　4. 人数太多

找到了救赎，自己也感叹"幸好做了这个app"。虽然是我做的而不是他，但我也觉得的确挺好的。

具体说来，晴是如何从这款app中得到救赎的呢？首先，这里是他倾吐心声的地方。其次，在"积极向上"专区里常有一些"只要活着就好""今天我做到了什么什么"等，能够认同别人或者褒扬自己的话。看到这些话，晴自己也能舒服很多。相比只是自己心里想想这些话，还是看到别人诉诸文字的时候更有分量。

当然，既是社交软件，用户之间的矛盾就是难免的。以前，曾经有人在"积极向上"专区发过自己写的诗，一时间饱受争议。晴认为"积极向上"专区本就是用来鼓励自己和其他用户的专区，不应该是是非之地，于是便利用管理员权限将该争议投稿删除了。这款软件所伴随的争执也就差不多是这种程度。

在"cotonoha"上，即使是一些"想杀了父母""学校里的人都去死吧"这样过激的发言，也不会被删除。因为无论何种措辞，都是用户真实的想法。如果删除了这些言论，就等于连同其背后的事实也一并抹杀。那样就太悲哀了。所以在"cotonoha"，我们的原则就是任何言论都不会被删除。

我们这种兼容并蓄的态度也受到过苹果方面的指责，他们提出我们的软件"有明显不适当的言论"。然而，就算是不适当的言论，随随便便否定它也是不对的，这就是我们一直秉持的立场。通常在其他社交软件上会被删除的言论，在我们这里也是允许发出的。只要是想说的话，无论措辞如何，都值得存在。

我这话说得很潇洒，但是其实我不太看"cotonoha"。当然，如果用户有什么要求我会尽量满足，如刚才所说，我们基本上不删除任何言论，所以不管是否对发言进行逐条审核，结果也没什么不同。所以，其实就是做一个框架放在那里，剩下的就交给用户们了。

我们的用户的年龄层也正如晴所设想的，以10岁至30岁之间的年轻人为主。他们的烦恼很多元化，比如"想离家出走""被欺负了""好想死"，以及LGBTQ相关内容。

但是，这些问题我们解决不了。比如即使有人通过"cotonoha"的LINE公众号来咨询，我们也只能做个倾听者，或者帮对方介绍医院或者专家，仅此而已。但是，哪怕仅仅回复一句"原来发生了这么多事，你受了很大的委屈吧"这样的话，也能拯救很多很多人。还比如很多人会回复我们"我不过是夜深人静时一激动就发出去了，能有人回复好开心啊"。"cotonoha"是全免费的，也不带任何广告，所以我们没有收益。但是，不管以何种形式，能够给无处倾诉的声音提供一个抒发的渠道，我们就特别满足了。再贪心一些，我们尤其希望能够告诉孩子们，这世上也有不那么糟糕的大人。回想一下晴的人生，在他初中有过轻生的念头的时候，还有在那些不想去上学的日子里，如果有"cotonoha"这样的地方，可能会让他活得更轻松一些。

健康管理流程表　　讲述人：圭一

　　洋祐之前提过我们的生活小窍门。晴和我们这些分身都有自己想做的事情，如果大家都自顾自的话要做的事情太多，我们的时间根本不够。所以，由我来管理大家的日程。其实除了日程，我还做了健康管理流程表。

　　当然，不管什么流程，最后都归结为"去睡觉"。这个流程图与其说是为了分身，不如说是为了晴量身定制的。对晴来说，通常感觉到难受的时候都是因为头痛。所以头痛放到了整个表第二排的正中。实际上如果感到头痛，就要立即去睡觉，如果头痛不是主因，那就要看是荷尔蒙影响、低气压，还是忘记吃药，根据原因变换对策。

　　此外，如果难受的原因是"想死"，那么也要去睡觉。如果是心里有其他心结，那就需要解开心结。或者难受是由于"外出时间过长"，结论还是要去睡觉。总之，最终都要去睡觉。基本上没有睡觉解决不了的难题。

　　实际上，晴只要保证了足够的睡眠就能够恢复。所以，我们这一年将"吃好睡好玩好"设定为目标。晴和我们都对"吃好"的要求不高，但还是要做到平衡摄入营养，好好睡觉，这样就能恢复体力。我

健康管理流程表

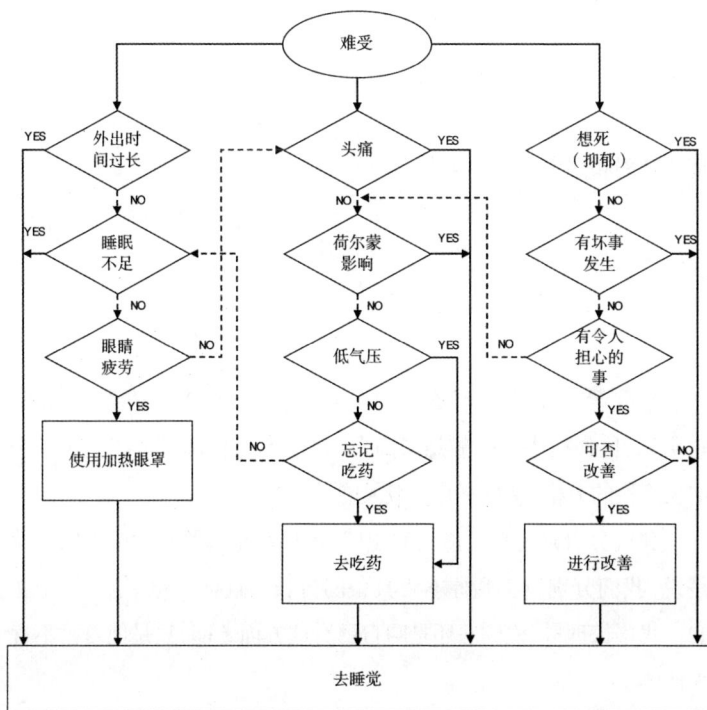

```
                              ┌──────────┐
                              │   难受   │
                              └──────────┘
```

- 外出时间过长 — YES / NO
- 睡眠不足 — YES / NO
- 眼睛疲劳 — YES / NO → 使用加热眼罩
- 头痛 — YES / NO
- 荷尔蒙影响 — YES / NO
- 低气压 — YES / NO
- 忘记吃药 — YES / NO → 去吃药
- 想死（抑郁）— YES / NO
- 有坏事发生 — YES / NO
- 有令人担心的事 — YES / NO
- 可否改善 — YES / NO → 进行改善

去睡觉

们大家都对此保持统一意见。

　　刚才洋祐说，晴情绪低落之前，我的后背上就会生出触手，其实我也感觉不到。只有春斗惊叫出来我才能察觉。因此，也可以说我们对于疲劳的认知功能还不健全。所以，我和洋祐都在积极践行严格确保休息和睡眠时间。

晴的软弱和强大　　讲述人：圭一

　　在我看来，晴是个什么样的人呢？用一个词来总结就是"非常聪明"。比如初中的时候想考高专，自己不擅长理科就产生出一个擅长理科的人格，这真不是一般人能做到的。

　　我们分身都有自己擅长的领域，但那都是晴原本就擅长的。就是说，我们分别负责晴原本就具备的特长。这样一想，他还挺全能的。我擅长理科，说到底还是晴自己有这方面才能，只是他自己不肯承认罢了。

　　换个说法，就是晴虽然不愿承认自己理科很强，但是靠我这个外人将他的才能施展出来。如果没有我们这些分身，可能晴的一些能力就只能永远沉睡在他身体里了。

　　或许是晴不愿面对"自己很擅长什么"这个现实。这种感觉说起来很奇怪，但是他的确不喜欢自己有什么成就或者因帮到别人而被表扬的感觉。与其说不愿太出挑，倒不如说是不愿别人知道自己有什么能力，自己也不想知道。这种感觉类似于会让他"坐立不安"或者"十分羞愧"。我觉得他是在以此来设置一道自我保护的屏障。比如，做任何挑战失败的话，他可以自我辩解说"看吧，我就说我不行"。

我想，这是晴的软弱之处吧。总之就是否定自己的一切。他不断丧失记忆的原因中，或许有一种心理就是"我要当作自己过去一事无成"。

然而，结衣刚才说过，我和洋祐偶尔也会说，晴是一个不认为自己在努力的天才。或者说，他拥有努力而不自知的天分。总之他为了达成某个目标而学习或者修行的话，他不认为这能称之为"努力"。所以他才不觉得考高专和保育士资格是什么痛苦的事情。如果有人夸他"你好努力呀"，他会说"没有，我并没有做什么"。

现在，晴做着放学后日托服务工作，还要时不时见一见推特粉丝，以及在函授制大学上上课。在外人看来他特别努力奋斗着，然而他自己却并不认为这种学习或完成任务有什么痛苦的。倒不如说感到非常快乐。在这个意义上来说，他是个很聪明的人，这也关系到我们存在的方式本身。

晴最近也参加一些对谈活动。我和洋祐时不时也会在背后给他提词，不过基本上还是他自己来说。但是，晴的主人格每天出现最多不能超过5个小时，对谈结束之后的提问环节还是要换我们出来。

前两天有一个活动，在提问环节有个人一直刨根问底，对付这种人只有结衣能解决。晴已经精疲力竭处于丧失意识的状态，我又不善言辞。结衣在活动结束之后，跟两三个推特粉丝一直在聊"为什么想给二宫和也当儿子"。为什么不是"女儿"是"儿子"呢？据她自己说是因为"没办法跟女儿抛接棒球"。总之，她滔滔不绝地讲述"希望成为二宫和也的儿子，希望他像养儿子一样爱我"。说实话，我真不知道她在说什么。

参加这些活动的好处在于能够认识很多人。这对我们也好，对晴也好,虽然时有其他嘉宾或者观众个性太强不好应付,但这些也都成为了很棒的经验。同时,对那些没勇气一对一见面的粉丝来说,通过这样的活动和我们成为好友,他们也很开心。

关于结衣和圭一　　　讲述人：圭一

　　说到结衣，她在本书中可是一个劲地抱怨我呢。当然，她天天怼我，我都已经习惯了。她有她自己的想法，我能理解。我们要作为男性继续生活，对她而言有太多难以接受之处，这点我也是明白的。

　　但是，我也有我的想法，对她的一些行为我也有不满。比如最近，结衣把我们的腿毛剃了。其实也不是剃了，是用脱毛膏把腿弄得滑溜溜的。我是十分不想让她这么做的。但是她肯定忍不了腿毛，还是在我没注意的时候擅自脱了毛。"唉，也是没办法……但是起码提前打个招呼吧！"我半是放弃半是倔强地跟她吵了几句。

　　在我而言，耳钉都最好不要戴。然而结衣特别喜欢推特粉丝送的耳钉，我也就默许她戴了。如果是那种环佩叮当的，我肯定早就命令她摘下来了。那种晃来晃去的耳坠，跑动的时候会是很大的干扰，我很讨厌行动受限制。

　　话虽如此，关于服装问题，结衣也会考虑我们的感受，基本上都选择中性服装，所以我还是比较信任她的。灯真和她一起负责服装和配饰，他比结衣更加了解我们的需求，所以给他的预算也更多一些。但是,他有时也会一下子花出去几万日元,我希望他能知道金钱来之不易。然而他一贯认为"劳动本恶",绝对不出去工作。

说到工作,洋祐称我为"经济支柱"。的确,论实际工作时间我是最长的。在补习班教数理化的是我,为"放学后日托服务公司"做系统工程师工作的也是我。最近,因为其他工作的性质,我们在家办公比较多,那也都是我在负责。此外,电话联络之类的都由洋祐负责。因此,工作相关的场合基本都是我和洋祐出现。

所以,就像刚才说的,灯真完全不干活,结衣也基本不工作,我有时也想差不多是时候让他们出来帮帮忙了。但是,工作是需要相关专业知识的,对结衣来说或许有些困难。她直到最近就连四国地区①的县名都说不全。

结衣本就不喜欢学习,不过她最近在拼命努力学习古文和现代文,还要考汉字检定。我们正在做的放学后日托服务工作,有个孩子要考算术检定,我们受此启发,觉得作为老师也应该考些什么资格。一开始想考的是数学检定。但我和悟都对解应试题不感兴趣,于是便作罢。而结衣表示对汉字检定感兴趣。虽然汉字检定考试二级对应的是大学毕业的汉字能力水平,有一定难度,但我很支持她。

---

① 日本四大本土岛屿之一。

成为晴的"救生圈"　　讲述人：圭一

　　刚才我说过，晴能够分出我们这些分身说明他是个很聪明的人。但是，这也说明他背负的东西太过沉重才不得不分出这么多分身。分出这些分身，是为了让自己从这些重荷中解脱出来。或许这也是人的自我防御本能之一。但是，一般人会选择逃避，或者任性一下，又或者会反抗。他没有这样做，而是选择自己消化一切，这也许是一种奇特的坚强的表现。

　　在他18岁时确诊了分离性身份识别障碍，且被主治医生承认了分身们的存在之后，作为从晴分裂出来的一个分身，我单纯地觉得真是太好了。

　　然而，我同时也意识到，不论确诊成什么病，对于晴来说，前路依然是崎岖的。虽说我们得以一瞥使晴陷入困境的原因，但同时在我们当中也产生了混乱。

　　那么，晴痛苦的生存状况能否彻底改善呢？归根结底只有一个方法，那就是症状彻底消失，即所有分身统一成为晴这一个主人格。不过，对于我们来说，目前并不是在探索如何彻底改善我们的生存状态，而是摸索着如何与艰难险阻和平共处。

　　比如，2019年10月到11月的两个月期间，晴在电子杂志

4. 人数太多

apartment 上连载了随笔。随笔的主题就是如何与生活的困境共生。

在 note 和推特上，我们和晴都会投稿。但是在 *apartment* 上的连载，都是晴自己在写。他把生活的困境比作一个装满沙的袋子。抱着这样一个沉重的袋子活着，如同身处泥淖，只能不断沉沦。因此只有换个角度，思考如何将沙袋变成救生圈。每日每夜都被"难过""难受""想死"这样的念头缠绕，那么如何反过来利用这些困苦来将自己拽离苦海呢？这才是晴现在的目标。

不是我自夸，我自负我们这些分身也或多或少相当于他的救生圈。洋祐说过，我们曾经历过"战乱年代"。但现在也能够相处融洽。跟别人讲我们内部的分工的时候，有人还会感叹"你们各司其职还挺方便的"。我曾经完全无法想象别人怎么能有这样的感叹？但也许这就是我们共同成长的证明。

5. 没时间去死
我们在这个社会上生存这件事

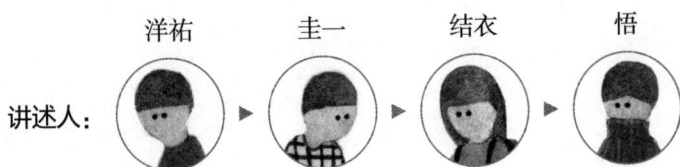

讲述人：　洋祐　▶　圭一　▶　结衣　▶　悟

替他承载身份识别　　讲述人：洋祐

记忆是一个人活着的证明，是对这个人的身份识别的保障。也可以说记忆是一个人的核心。就像我们多次提到过，晴却在不断丧失或者说放弃记忆。这个行为也许与他的分离症状有关。就是说，他想抹杀某段记忆，就把这段记忆交给其他人格，再分离出去。

我从小陪伴晴长大，他对自己的性别的不认同，以及对家庭不睦的烦恼我都看在眼里。但他却无处可逃。每当这种进退两难之感达到顶峰，或是由于某种缘故而爆发之时，就是他自我否认进而分离的时候。就这样，他13岁的时候分出悟，16岁的时候分出结衣。不断的自我否认叠加的结果就是我们目前的生存状态。

换言之，造成晴自我否认的那些原因正是他觉得"可以忘记"或者"想要忘记"的事情。相反，如果他还记得，相当于他承认那就是他自己。就是为了否认自己，他才将那些记忆当作是"别人"（分身）的记忆，与自己割裂。就像圭一说的，晴很"聪明"，他很擅长分离自己。

其实，我觉得晴会不会其实都记得呢。他的记忆在他自己身体里都保存着。但是他却没有开启它们的权限。或许他拥有钥匙，却装作已把它丢弃或者藏匿了。

我们分身都有钥匙。随时可以看到晴的记忆。但我们都很清楚，那些都是晴的记忆，不是我们的。正因为是他人的记忆，我们才得以看到。晴作为当事人，反而觉得某些记忆不堪回顾，无法接受。

晴即使丧失了记忆，我们分身也帮他做了备份。就是说，他的记忆，即他自己的身份识别，由我们替他承载。事实上，虽然我们每个分身都有独立的身份识别，但我想这些都是由晴派生而来的。如果问晴的身份识别是什么样的，我只能说，可能已经是个空壳了吧。

当然，晴身上有着"类似多重人格"这样的身份识别，但要是问能够定义他的、坚定不移、无法撼动的东西究竟是什么，我就无言以对了。实际上他对自己的人生没有什么主人翁意识。他活的不是他自己，所以他自己的身份识别也就似有若无了。也许表面上来看，他是个叫做晴的人形壳子，但实际上是由我们拼凑而成，内里空空如也。

晴原本应该独自拥有他所固有的身份识别。然而，他却将它交付或者说是分给了我们。究其缘由，还是因为他觉得"那不是我"。所以说，晴认为我们是"别人"，我们也认为既然晴将我们这些分身分出来，那我们也不得不承认他亦是别人。

反之，如果我们跟他说"我们都是你派生出来的"，他必定会再次发病吧。因为他一直以来所认为的"那不是我"，到最后竟然发觉"那都是我"。比如灯真到处乱跑，最后发现不过是晴自己不想上学，他会发现自己不过是在转嫁责任。又或者，当晴承认分身都是自己之后，全部人格就会统一也未可知。

即使未患有分离性身份识别障碍，每个人都有不同的侧面。但

116

是，大部分人都能够认同"每张脸都是自己"，这也就是所谓的拥有身份识别的状态。但是，晴做不到。不论好坏，任何一面他都不认同。所以才以"那不是我"来与自己割裂。他接受不了自己的任何一面。所以才说他的身份识别就像个空无一物的盒子。曾经填满盒子的那些东西都分给了我们，只是他自己不清楚。

晴总说"我想死"。然而作为他的分身，我没有时间去死。我努力让他活着还来不及。何况还要看住其他分身。如果我死了怎么办……想想都觉得恐怖。

那么分身是否会"死"呢？估计不会。当然晴要是死了，我们也就死了。还有，分离性身份识别障碍要是治好了，我们也就不存在了吧。不过目前暂时没有分身消失的情况。不出现的时候，分身就深深沉下去。之前也说过，悠最近基本不出现，是因为晴的精神状态比较稳定。如果再次波动，那么悠肯定还会出现。

说句题外话。我并不觉得现在的世界就是美好的。但是我还是认为"只要活着就会有好事发生的吧"。哪怕只有1/100、1/1 000的可能，我也愿意赌一把活下去。因为死了就只能是0/100。晴总是试图倾向于死亡，我却一直跟他讲"不行不行，不能去死"。"一切不是要死要活二择其一，濒死之类的边缘地带也是有的。哪怕你就留一口气也好呢。哪怕保持假死状态呢"。

我反复跟晴讲什么"你什么都不用做。任何努力都不需要。给我活下去就好""你活着就值得一朵小红花"。这么苦口婆心的我，哪里有时间去想"死"。除我以外的其他分身应该也都不想死。大家全都盼望晴"好好活下去"就是证据。

思考晴如何自立　　讲述人: 圭一

晴十几岁的时候想20岁之前死掉。到了20岁,又说要在25岁之前死掉。明年(2021年)他就要25岁了,估计他又要说30岁之前死掉。

晴就是以5年为单位熬过一段想死的日子,所以今后我们能活到何时我也不确定。如果问我30年后的我们会怎样,这种遥远的未来我们无法想象。之前,"老了之后需要2 000万日元①生活资金"的话题②很火爆的时候,晴的母亲为此很是烦恼了一阵。但是我们分身讨论的是:"能活到那么老吗?"

最近晴的病虽已经稳定了不少,但想死的念头还在。所以他随时可能轻生。晴活的就是眼前一刹那,如果他能继续活下去,或许渐渐地也就不需要我们了。因为分离性身份识别障碍多发于年轻人。所以上了年纪之后精神状况更加稳定,病情会更加缓解。说不定就像刚才洋祐举的悠的例子,我们并不是彻底消失,而是深深地沉下去不再上来。

不管怎样,我觉得都是好的。我们消失,说明他不再需要我们了。当然我们也会想他,但是如果他没有我们也能够独立生存下去,那是再好不过的了。

像悠这样沉下去不出现的分身,在他沉下去的这段时间我们能与他共享的经验很有限。解释起来有些困难,对悠来说就是脑子里明白是怎么回事但是没什么感觉的一种状态。可以说,很久不出现的分身再次出现的话,就会呈现类似于浦岛太郎的状态③。

比如喜欢做机器人的航介是晴17岁那年诞生的。然而之后他很久都没出现过。下一次出现就是晴20岁的时候了。就是说,期间有3年的空白。在这3年里,我们从兵库搬到了东京。于是航介出现后大为震惊,第一个反应就是:"这里怎么是东京?!"

其后,他还惊叹于技术的进步。具体来说就是iPhone。航介诞生之初,晴有一个iPod touch,所以航介对iOS系统并不陌生。但是iPod一下子飞跃到iPhone,航介兴奋得一个劲地问"这个怎么用?""哇,这岂不是无所不能!"。他对自己拥有一台iPhone本身已经觉得惊诧不已,仿佛小小地穿越了一次时空。

刚才我说过,晴随时可能轻生。这当然不意味着晴什么时候去死都无所谓。就像洋祐说的,我们全体分身都希望他活下去。

所以,我们尽全力只为让他活着。我和洋祐在思考怎样能让晴活得更加轻松,也为此努力帮他创造一个良好的环境。2018年取得三级残障人士手账就是其中一个步骤。这也是我和洋祐两个人商量的结果。晴在找工作时,考虑到劳动过渡支援和残障人士雇佣的政策,还是取得残障人士手账比较好。晴自己也觉得这样好一些。

实际上,"放学后日托服务公司" 就是比照残障人士政策来聘用

① 约120万人民币。
② 2019年日本金融厅发表报告称每对夫妻养老需要至少准备2 000万日元。
③ 浦岛太郎,日本古代传说中的人物,此人是一渔夫,因救了龙宫中的神龟,被带到龙宫,享受了几日,回来世上已经过了几百年。因此,"浦岛太郎的状态" 用于形容很久之后回到熟悉的地方,一切已经物是人非的状态。

我们的。而且，使用残障人士手账也可以免费参观博物馆和美术馆，就算人多也可以优先参观。暑假的时候我们去上野的国立科学博物馆看了恐龙展，春斗特别开心。

○　　○　　○

说回我自己，我为什么希望晴活下去呢？其实我也没认真想过，所以很难回答这个问题。说句场面话，无非是晴对我来说很重要，我不希望我看重的人死掉。当然也有"要是他死了我岂不是也活不了"的成分。对我来说，如果不能学习不能看书，那我会很不满。

总而言之，我想让晴活下去。不管生活多么艰难，我一定会支持他，希望他不要对人世对未来绝望。其实要说我们是否觉得世界和未来是有希望的呢，那也未必。不过是觉得还未到绝望之境罢了。只要活着，说不定就有好事发生。所以，我和洋祐一直都在对晴说"你只要活着就值得一朵小红花"。

活着的自主意识　　讲述人：结衣

　　圭一说晴年龄大了之后我们说不定会消失。我觉得那样的话我们也算完成了使命。虽然看不到二宫和也了，还是有点伤心……但是二宫和也以后也会变成大叔，不用看到变成大叔的二宫也许并不是什么坏事。

　　但是，虽然结局都是消失，我可不希望在我们完成任务之前晴就死了。我们也有自己想做的事情，为了这个也不能让他死。我想说的就是："晴你不要去死啊，你要是死了我也活不成了。"从这个意义上来说，我不希望他死的动机可称得上有点自私。

　　晴对活着这件事完全没有自主意识。他总是困于"我想死"这个念头之中。我想他因此才会丢弃自己的记忆。这么一想，丢弃记忆无异于自杀的代替行为。如果说自杀是从物理上抹杀自己，那丢弃记忆就是从精神上抹杀自己。

　　但是，晴到今天都还没选择自杀，我很庆幸。这都是我们努力支持他的结果吧。不对，不是我们，做出了努力的只有圭一和洋祐。所以我特别感谢洋祐，对于圭一，尽管我总跟他斗，但依然很信任他。圭一做了"cotonoha"这个app，我觉得特别厉害。当他觉得晴需要的也是他需要的,就马上付诸行动来实现,我只能赞一句"太厉害了"。

圭一可以因为自己喜欢就一直学习,我觉得很不可思议。这种人太少见了吧。虽说我在学习汉字检定,但是我的目标是想要通过检定考试。但圭一并没有任何目标或者理由就可以一直学下去……真的是,为什么会有这种人啊?

说起大家的长处,灯真画画很好也很有时尚触角。悟可以跟"出租什么也不做的人"讨论艰涩的数学问题,而且对植物也很了解。分身们在我看来都是很厉害的人。而且,每个人都在用自己的方式支持着晴。当然,给晴最多支持的还是洋祐。我希望晴能够一直这样生活下去。

哪怕晴不再需要我们而导致我们消失了,那就说明他成长了。这绝对是一件大好事。但是,如果是晴以外的什么人把我们抹杀掉,我绝对不答应。所以,他18岁那年被学校心理咨询老师建议去分离性障碍医院看病的时候,我都吓死了。

无损我的魅力　　讲述人：结衣

晴从小历经磨难。那要是问我们这些分身是否也有痛苦的时刻……对我而言就是切除胸部的时候有些小小的痛苦。这话自己说出来有点奇怪，不过原来的胸的确也不怎么大。所以，我就想："那没有了也不算什么对不对？"事实上，结论就是没有了的确也挺好。

比如，我听说由于乳腺癌而接受了乳房切除术的女性往往会由于丧失了性征而导致感到丧失自我。但是，可能因为我也和晴一样，活得没那么认真，所以倒是没有这种感觉。

当然，我对于没法再穿可爱的文胸和吊带衫觉得有点遗憾。但是摘除了胸部，感觉身体上突出的部分就没有了。除了屁股略微有点翘之外，下半身还没手术所以也还是什么都没有。这难道不是很有意思吗？我觉得挺有趣的。

我是一个女性。但是除我之外的分身都是男性。尽管分身中男性占比更高，不过将男女两性特征平衡之后，整体上看起来属于中性，这样也不错。

即使我们不专门穿男装或者刻意表现得像个男性，别人将我们作为男性对待的情况还是越来越多的。我嘛，偶尔也会想进女厕。进去了也没人报警。所以这说明我们看起来既像男人也像女人，还挺方便的。或者说,这样生活很便利。说无性别可能有点夸张,但是不分男女、不辨黑白,只是漂浮在边缘地带,这让我感觉松松软软的很舒服。

于是,我就跟大家说"就让我们轻轻松松地生活好啦"。不过,最近晴提出异议:"活得那么轻松的人,会穿紧身裤吗?"——这的确也有道理。所以我们最近的着装都在往松垮的路线上走。

要说还有什么让我难受的事情,可能就是与恋人分手吧。之前也说过,我和晴一起谈的那场恋爱最后失恋了。晴把这事忘得一干二净。当时是圭一跟我说:"就算分手也无损结衣的魅力嘛。没关系的。"不知为什么他也能说出这么有道理的话,让人反而听得有点生气。

活着的自主意识　　讲述人：结衣

最近，我们开始上 AbemaTV①还有电视节目。虽然被电视台邀请上节目是件很开心的事情，但是我们对在媒体上曝光其实不太有兴趣。所以节目播出的时候，我们谁都没好好看过。

但是，播出之前的内容确认时，没想到电视台把"二宫和也"的名字打成了"二宫和成"。当时我就有点崩溃了，赶紧要求电视台："拜托一定把这个改对了！真的！"除此之外的内容我们都无所谓，电视台爱怎么播怎么播。

说到上电视的好处，那无非就是悟和 TBS②的制作人熟络了起来。不止这个制作人，他们整个团队的人都很好。不知为什么悟就是喜欢这个制作人，总说一定要再见面。在悟心中，现在"出租先生"和 TBS 的制作人是他最想见的两个人。迄今为止还没有人能让悟这么上心，我觉得现在这样挺好的。

悟自从开始跟"出租先生"见面之后有了很大的改变。原本他是个不擅长交际的人。甚至可以说很厌恶人际往来。可如今，他会提前一周掰着手指头数和"出租先生"见面的日子。如果没有跟"出租先生"的交流在前，他可能也不会对 TBS 的制作人有兴趣。

悟总说"出租先生""特别会笑"。我倒是没怎么见过人家笑，但是听悟说他经常笑。悟特别喜欢和"出租先生"在一起的时光，于是我们也努力让悟享受这样的时间。

多亏"出租先生"出的题，悟的学习时间增加了，这对悟来说意义更加重大。悟想向"出租先生"展示自己的学习成果，"出租先生"也会表示对悟的认可。对悟来说，获得"出租先生"这样的我们这些分身以外的人的认可是非常重要的。同时，悟跟"出租先生"肆无忌惮地讨论数学话题，对方也会好好地回应他。这点也让悟很开心。

自从我们开始跟推特粉丝见面之后，开心的事越来越多。我们见的几乎都是女粉丝，光是跟她们聊天就已经很开心了。加上在可爱的咖啡店里吃着美味的甜食，我还可以毫无顾忌地给她们宣传岚。最开心的就是这些推特粉丝愿意把我当成女孩子来对待。逛街的时候也可以对着同一扇橱窗感叹一句"好可爱呀"。出身高专的我完全没有过这样的体验。

而且，最近好像有人组织了一个"保护结衣之会"。要问保护结衣什么，据说是为了对付圭一。其实就是我想买什么可是又会被圭一骂的时候，她们就买了送给我。主要是些护手霜和指甲油之类的。圭一再牛气也不可能扔粉丝送给我们的礼物，我就可以被可爱的东西包围，感觉好幸福。

还有，粉丝们称我为"结衣酱"。这一点我也特别开心。不过，通常认为除非是负责治疗的人，否则用分身的名字称呼一个分离性身份识别障碍患者是不好的。今后我还会继续见很多粉丝，这点对

---

① 日本一家网络电视台。
② 日本一家民营电视台。

我来说可能是个困扰。

　　说回电视节目，悟最喜欢的那个TBS的制作人曾经在做节目之余请我们和母亲一起吃过饭。那次去的餐厅，居然是岚曾经去过的。既然带我去这种餐厅吃饭，那上他的节目肯定是一百个愿意。

　　我们就这么轻易地上各种节目，以为能向看了节目的观众普及一下世上有我们这样的人存在就很不错了。谁知，我们的推特粉丝暴增，很多人私信我们"我看你的节目了""我会给你加油的"，我们都会回复"非常感谢"。不过私信太多，圭一倒是有点不耐烦了。

　　当然，也会有人批判我们。某个节目播出的期间，"多重人格"一词一度上了推特的热搜。一方面我会觉得"有那么多人看我们的节目呢"，另一方面又会觉得"反正也没写什么好话吧"。所以我尽量不去看。

　　然而圭一却说"无知的人连批判都做不到"。他认为，什么都懂的人根本不会批判别人，所以"多重人格"上了热搜，证明不论是好是坏，多重人格本身已开始广为人知。"所以说，不是挺好的吗？"圭一表示。

　　他还说："一开始就持否定或者批判态度的人，是不愿意了解未知事物的人。这种蠢人说的话不必在意。理他们就是浪费时间。"我是十分赞同圭一这话的。

　　当时那些批评我们的人中，有人指着春斗的鼻子骂："6岁的男孩子怎么可能聊什么数学""露馅儿了吧"等。就像圭一说的，跟这些人较劲就是浪费时间。在他们心中，6岁的男孩子何谈"数学"二字，顶多能说出个"算术"就了不起了。这些人，就让他们继续在吹毛求疵的世界里待下去好了。

　　我们对推特上那些零星的说我们"都是演出来的""是节目组编

造的"之类的声音统统无视。当然，如果他们真的针对我们开炮，我们也是做好了反击的准备的。具体来说就是准备好采取法律手段。当然，真的要做那肯定是圭一出面。

活过眼下这一天　　讲述人：结衣

　　洋祐总说晴"只要活着就算是做贡献了"。哪怕一整天无所事事，至少他活过了一天。为这也要给他发一朵小红花。

　　我们这个世界，好像人不能"只是活着"。必须制造一个什么，必须完成一个什么，必须为社会做点什么才能被褒奖。但就像出租什么也不做的人那样，我们愿意认为，即便什么都不做，一个人存在本身就是有价值的。甚至可以说，对我们来说这是理所当然的。

　　从社会的眼光来看，晴或许只算得上是个"苟活着"的人。我们也觉得他很废物，但正是因为他还活着，我们才得以继续存在。因此，无论发生什么我们都会支持他。反之，也可以说是"晴要是死了我们就都活不成了，所以拜托千万别死"。

　　当然，我们对晴的基本原则还是："只要活着说不定就会有好事发生，所以试试活到那一天好不好？除了活着你什么都不用做。活着，就给你一朵小红花。"

　　对于活着就算做贡献的晴来说，当他能够在"放学后日托服务公司"就业，做出进入社会的决断的时候，已经不是给小红花这么简单的事情了。我觉得他真的真的做出了一万分的努力，我从心底对他表示敬佩。

当然他本人也觉得再不就业就麻烦了。不过我还是觉得是遇上了奇迹般的贵人，才让我们觉得必须要抓住这个机会。如果没有遇见现在这个公司的同事，晴一定还处于一种不稳定的状态之中。进入公司，他终于找到了一处"自己可以待下去"的有归属感的地方。今年年初我们在辅导班打工教课的时候也有这样的感觉。

还有，能领到工资，证明自己真的做了贡献这点也很重要。之前都是我们这些内部人士给他小红花，而现在外人也会给他发小红花了。这一定也帮助他变得更加积极向上了。

不过，所谓有归属感，也仅仅是一只脚刚踏入行而已。我相信，今后我们也还是会做其他各种尝试，这也是比较适合晴的一种生存方式。我们就这么一直东瞅瞅，西看看下去。

也许长期驻足于一处是不适合我们的。因为，我们每个人想做的事情太不一样了。今天做做保育士，明天做做系统工程师，后天再做做辅导班讲师。还要当函授大学的学生，悟要种香草，航介要做机器人，我嘛，还想继续给岚做宣传呢。

我胡乱说了这么多，最重要的当然还是晴自己想做什么。在不打扰到晴的前提下，我们也会做自己想做的。现在，他想考社会福祉士资格，我们当然会全力支持。就这样想做什么就随心所欲，轻飘飘地生活吧。

当然，不用我说，晴就是这样活到今天的，像个飘忽不定的气球，完全不能脚踏实地。他对自己的人生原本就没有什么意识，所以所谓的认真生活也无从谈起。

就我个人感觉，"活着"本身就是件流动的、飘忽的事。当然，很多人都过着脚踏实地的生活，但也会有起起伏伏。晴就是一伏到底。或许某一天他也能浮上来，但是在那之前，我希望他能好好喘气，剩下的一切"就交给流逝的时光吧"。

我喜欢的人和时间　　讲述人：悟

　　大家好，我是悟。我喜欢数学和物理。这都多亏了圭一。晴为了考高专而努力学习的时候，是圭一教我学数学的。之前洋祐说过，如果听到什么巨响或者受到惊吓的时候我就会出现，他说的是对的。但其实是因为大家都怕这个，所以只好我来承担。

　　我喜欢"出租先生"。我们聊很多数学和物理的话题。对我来说，他是那个能让我肆无忌惮讨论数理问题的对象，我很在乎他。
　　但是刚刚说的"喜欢"并不是喜欢他这个人。而是喜欢我们聊天时的气氛。我们在聊数学话题的时候，其他分身都会沉默，四周很寂静。此时此刻，只能听到我们说话的声音，我做笔记的声音，照明发出的响声以及钟表走动的声音。我特别喜欢这种氛围，这让我十分幸福。
　　大家都沉默是因为他们都觉得我和"出租先生"在一起的时间是很特别的。他们自然而然就这样想了。因为大家都很好，都很为我着想。我在和"出租先生"聊天时，其他人都背朝着我们。
　　我和"出租先生"聊的内容，不会分享给其他人格。因为他们都不懂我们在聊什么。只有圭一明白，但是他说："我不能侵犯悟的

132

隐私。"

我的隐私是被保护的,但是结衣就没什么隐私。大家都看着她,她自己也清楚。究其原因,还是因为她总想买女装。还有总是不自觉地买岚的周边产品。一旦被圭一发现,就常常会被制止。我也不想让她穿太女孩子气的衣服。上初中的时候,曾经因为穿女生校服有过很不好的经历。

除了"出租先生"之外,最近我还和一个TBS的制片人关系好了起来。那个制片人是我们上电视节目的时候认识的。

制片人不是学理科出身,所以对数学和物理的话题一窍不通。但他是第一个非理科出身却让我想多聊几句的人。他说的话没有什么特别有趣的地方,但是跟他聊天却让我感到十分平静。我把这种感觉也告诉了洋祐和结衣。他们都说:"遇到一个好人,真好。"

但是,结衣说她对制作人的衣着不太瞧得上。结衣总是在研究别人的时尚感觉。制片人是位男士,衣着打扮十分奇特。此外,结衣还说:"皮肤太黑,扣分。"但是,我觉得外表并不重要。感觉制片人内心很柔软很舒服,人很好。

最近,我给制片人写信了。我不擅长操作数码产品,推特和note上的文字都是洋祐帮我输入的,但手写的话就是我自己来。我最喜欢这个制作人了。

我还爱学习。所以我想再多学学,但时间不够。想晚上学习,又不太能熬夜。而且晴、洋祐和圭一都工作了一天,十分辛苦,很快就入睡了。不过我还是很感激大家的。因为他们都有自己想做的事情,却还是为我确保了学习和与"出租先生"聊天的时间。

我还喜欢种香草。因为香草是可以吃的,还有疗愈效果。我喜欢上香草,是受结衣喜欢香熏以及灯真喜欢薄荷巧克力的影响。

　　我每天早晨都会给我的香草浇水。我也喜欢早晨。早晨的空气十分安静,让我觉得世界上只有我一个人。同理,我也喜欢半夜。不过半夜会困,所以我还是更喜欢早晨。

点的记忆、线的记忆　　讲述人：悟

　　我是晴13岁那年，以一个13岁男孩的状态诞生的人格。生日是10月20日，直到今天都是13岁。晴小学六年级的时候，他父亲去世了。之后，有一阵子晴没再背负什么沉重的悲伤，但是一年后，悲伤又复活了。

　　上了初中，晴必须穿女生制服上学。他受不了，所以才创造了我。晴也没能跟班上同学打成一片，所以上学路上以及课间休息的时候，基本上我都会出现。初二的时候，悠也出现了。他看了很多班级书库里的小说和历史漫画。

　　晴在给电子杂志 *apartment* 投稿的时候曾经写到过："在这个以多数派意见为尊的世界里，没有比被逼着赞同更加让少数派痛苦的事情了。"我十分同意。

　　尤其是学校这样的地方，越发如此。每个人或多或少都戴着面具。比如我是个拥有女孩子身体的男孩子，却必须迎合班里其他人。班里的女孩子都喜欢可爱的东西，我虽然不喜欢却也要说"好可爱"，压力很大。

　　入学高专之后，周围都是男生，没必要再谈论那些可爱的东西了。

但是，也许这样反而刺激了结衣，她变得特别喜欢可爱的东西了。

我们分身都有自己的个性。结衣、灯真、圭一、洋祐，每个人都不同。不过，我想这些原本全都来自晴。所以，所有分身加在一起就形成一个完整统一的人，那就是晴。但是，晴不断丧失着记忆，才分裂出了多重人格。

我想，每个人都拥有多重人格的部分特质。比如会区分工作时的人格，上学的人格，在家庭里的人格。这样之所以不会被认为有精神疾病，就是因为没有丧失记忆的症状。

对我们而言，正是因为晴不断丧失记忆已经影响了日常生活，才被诊断为一种疾病。所以，如果和女生见面时结衣出现，工作时圭一出现，然后这些记忆都是串联在一起的，或许就不是一种病了。但是晴并不记得我们出现时的一切，也不觉得自己是单独一个人了，所以大家才开始讨论是不是生病了。

分身们性格都很好，所以大家才能和平共处。付每个月会有一次深夜的时候在外徘徊，但是他也是个性格温和、能够为了别人努力的人。我不知道付诞生的时间和缘由是什么，也不怎么跟他说话，但我知道他深夜外出也并没有做什么坏事。每当看到他浑身疲惫地回来，我都会心痛。我想，他半夜里肯定经历了很多事，给他带来了很大负担。但是，他深夜外出的理由，以及做了些什么，无人知晓。

○　　　○　　　○

晴去找医生看分离性身份识别障碍的时候，我们都曾担心"会不会就把我们都抹杀掉了啊"。我也很恐惧,担心自己不能再继续学习了。但是,晴选择了和我们共存的这条路。

不过,前一段时间我都不怎么出来了。现在出现,是因为晴租了一次"出租先生"。那时,洋祐他们正在讨论"是不是应该给悟和春斗一个与外人交谈的机会"。晴第一次约了"出租先生"的时候,我没能出来见他,但是听到春斗和他谈论了数学的话题。所以我也想和他聊聊数学,在他第二次来的时候我就出来了。

那个时候,我的学习时间远比现在少。和"出租先生"见面之后,他给我出题,我做作业需要更多的学习时间。我特别开心。

不过,晴已经忘记"出租先生"了,这也没办法。晴总是忘记很多人和事,或许他连我们上过电视节目这件事都不记得了。我把不想忘记的事情都记在本子里,这个本子是我的宝贝。

晴现在在考社会福祉士资格。我也希望他能努力考下来。圭一想上理学系,但是函授制大学没有理学系,因此只能作罢。我们都有很多要做的事情,但是会把晴要做的事放在首位,所以其他的多少都要妥协。我也想上大学的物理课。好在通过书籍和互联网也可以学到很多知识,上大学之外的获取知识的渠道也是很多的。

我还特别喜欢学习这件事本身。我并没有什么未来要成为学者之类的目标。而且,想成为学者的人当中有很多出类拔萃的,我也并不想跟他们竞争。

洋祐、圭一和结衣都说希望晴能活下去。我也一样,也想让晴活下去。因为,他活着我才能继续学习。其他的理由嘛,还有因为晴特别地努力。明明很苦,很不想活,他还是坚持努力着。我希望他能活下去。

某天，悟和"出租什么也不做的人"

（2019年10月，咖啡厅Renoir涩谷南口店录制）

悟：出租先生，您好。

出租什么也不做的人（下称租）：你好。

悟：您上次说的书，我带来了——《高中数学：探究与练习》①。您说是您在Z会时参与的最后一本书，我就买了。

租：我也只是参与了一小部分。这本书有点太难了，我觉得对于应试考生来说是最难的一本。你还真买了。

悟：上下两卷都买了。圭一说跟您有关的消费都是可以的。还有这本《图说 改变世界的书籍 科学知识的系谱》（竺觉晓，Graphic社），这是TBS之前采访我们的时候说买什么都可以，我就买了。

租：看上去是本很贵的书。

悟：里面写了很多关于数学的内容。还写了莱布尼茨。莱布尼茨发明了微积分，还跟牛顿吵过架。我喜欢。

租：哈哈（笑）。

悟：世人都推崇牛顿，我觉得莱布尼茨更厉害。都推崇牛顿是因为他的微分符号更有名，但我觉得莱布尼茨的更好。您呢？

租：我也这么想。微分的符号有牛顿式和莱布尼茨式等好几种。牛顿式的因变量上面要加个"."（点）。莱布尼茨式的用 dy/dx 表示。这种从数学角度更好理解。

悟：所以我很喜欢。

租：用什么来进行微分一目了然，而且分数形式表示非常好用。不过莱布尼茨的符号彻底理解需要一段时间，最开始都是学拉格朗日式的 f(x)。

悟:"'"(角分号,prime),很多人都念成 dash。我的数学老师之前还为此发脾气了呢。

租:我就读 dash。

悟:应该是 prime。

租:遵命。

悟:电磁学方面您喜欢谁?

租:麦克斯韦吧。我记得麦克斯韦的方程特别简洁漂亮。可以用它理解很多东西,很有趣。

悟:天才。

租:天才。但是这些人也并没有多努力。他们都是遵从自己内心的热情进行研究的,只不过外人非要给他们赞誉罢了。

悟:库仑我也喜欢。

租:是。库仑定律跟万有引力定律是一个形式的,光这点就让人兴奋了。

悟:是的。您喜欢化学吗?

租:有点不太擅长。可能觉得有意思,但是计算很麻烦所以喜欢不起来。

悟:阿伏伽德罗常数,摩尔……

租:摩尔的计算。总是要做单位换算。

悟:费马好像是个律师。全凭个人兴趣研究出了费马大定理。

租:哦!开普勒我也喜欢。

悟:欧拉怎么样?

---

① 日本大型校外培训机构"Z会"出版的参考书。

5. 没时间去死

租:欧拉属于神级的了。殿堂级。

悟:还有谁是殿堂级的?

租:牛顿啦,欧几里得啦。

悟:自然底数。搞不懂这个概念的人很多。

租:的确很不好解释。

悟:拉普拉斯。

租:我印象中拉普拉斯也是计算起来很麻烦。

悟:拉普拉斯变换。爱迪生呢?

租:爱迪生我就不了解了。他属于发明家。

悟:物理学呢? 圭一研究了默克尔。

租:你觉得写出基础方程式的人最厉害吗?

悟:是的。

租:麦克斯韦、牛顿、薛定谔吧。

悟:薛定谔方程很难。

租:反正有点乱。

悟:海森堡。

租:他的比较漂亮。

悟:结衣问"出租先生,您什么时候跟岚一起上节目"。

租:晴的机会更大吧? 他上的节目时长也比我的长。

悟:黎曼。

租:黎曼也很有趣。一般来说,按照笛卡儿的坐标系的话,环绕一周后会回到原点。但是黎曼曲面中,面与面是重叠的,环绕一周后会进入下一个面。

悟:一层一层往下走,这和黄金比例有关吗?

租:有没有关系不清楚。黎曼曲面是与复分析、复变函数有关的概念。

悟：与复数坐标不同吗？与复数平面不同吗？

租：是复数平面。但复数平面在一定范围内不是也会回到原点吗？一直一直向下螺旋状推进的就是黎曼曲面，这个很有意思，推荐你了解一下。

悟：黎曼曲面。黎曼曲面和复数平面的区别。复数平面之下有黎曼曲面这个概念，是这个意思吗？

租：好像是吧。我也是大二的时候学的了，有点记不清楚了。

悟：明白了。谢谢。

编辑部：你们时常见面，悟，你喜欢"出租什么也不做的人"哪里呢？

悟：喜欢是什么意思？……每个月我会给他交一次作业。倒是也没有其他想见面的理由。

租：不是吧？

悟：我跟"出租先生"聊天的时间是很幸福的。能够尽情讨论数学话题我很开心。

编：洋祐他们这些人里没有人能跟你聊吗？

悟：洋祐要照顾大家所以没有这个精力。圭一喜欢独角仙。特别着迷的那种。

编：就像刚才你和出租先生聊天的时候，其他人都转过身去背朝着你吗？

悟：是的。平常洋祐和圭一在监视大家。为了不让我们做不好的事，或者防止我们遇到危险。但是我跟"出租先生"见面的时候，可能觉得"出租先生"会保护我吧，所以就觉得没什么。

租：……我什么也不做啊。

（完）

出租什么也不做的人

1983年生。大阪大学大学院理学研究科宇宙地球科学专攻结业。曾供职于出版社，也做过自由职业写手，现在专注"出租什么也不做的人"事业。

推特ID：@morimotoshoji

尾声　　讲述人：晴

我是主人格晴。

现在是2020年，我正在备考社会福祉士资格。为什么要考取这个资格？那是因为我在从事放学后日托服务，以及运营"cotonoha"这款app的时候，深深感到需要将相关社会福利政策介绍给有需要的人们。就是说我看到已经由于残障影响到生活的那些人，却没有及时收到相关信息，我很痛心。

具体来说，比如各地区政府设有免费咨询的保健师，还有医疗、就业、升学等方面的行政支援服务等。我希望能以保育士的角度，向放学后日托服务的小朋友的家长们多多宣传这些信息。

因此，为了普及正确的信息需要专业知识。在此基础之上如果还能有一个资质就更加有帮助。所以，我所想要成为的不是在公共机构工作的社会福祉士，而是更加扎根地区的、能随时随地在身边帮助别人的社会福祉士。

另一方面，我有自杀的倾向。我一直都想死。然而我还在努力考取社会福祉士资格，这就意味着我不能轻易去死。是的，我想死，但不能去死。

但我依然不能彻底清除随时想去死的念头。尽管我真的想成为社会福祉士。然而最初怀抱这个梦想的理由，是因为不知自己能活到哪天，所以想在死之前尽量完成自己的愿望。所以，我现在的心情大概就是"如果能活到成为社会福祉士的那天，就真的是很幸运了"。不过我并没有非完成这个梦想不可的想法。

如你所知，我患有分离性身份识别障碍，就是多重人格。刚才我想了想分离性身份识别障碍有没有给我带来什么好处。但自从我懂事以来自己就是如此，所以也想不清楚。当然，我是独生子，所以脑海里有那么多人一起聒噪，至少不寂寞了。

或者说，就算我一事无成，也会有人替我努力，这在某种意义上来说也挺方便的。比如我初中时决定考高专，圭一替我在理科上考了高分，这就是一个很好的例子。如此说来，在我所选择的道路上，他们每个人都为我发挥力量，可能算是个好处吧。

选择道路的人是我自己，然而一步一步替我走下去的是他们。正因为他们在，我才得以了解保育士的世界、工程师的世界，还有数学、物理学的世界等，为我打开了很多新世界的大门。

尽管很多事我都不记得了，但他们会告诉我我经历过什么。我会觉得："啊？有这回事？"从这个角度来说，他们让我经历了很多，那是一人份的人生，或者说某个场所某个固定的人的人生所经历不了的。

在他们这些分身当中，洋祐很像我。换句话说，他负责表演我。除了洋祐之外，比如圭一，他在工作场合也会表演我，从而不让人发觉我人格的改变。但我感觉洋祐是在日常当中一以贯之地模仿我。洋祐的声音，我从二三岁时就开始听，或许从那个时候开始他就学我的口气说话了。现在洋祐和圭一也在看着我，这我也已经习惯了。

○　　　○　　　○

我在2019年10月到11月的两个月里，在电子杂志*apartment*上做连载。note和推特上面的文章，其他分身也可以随意投稿，但是*apartment*上刊载的文章都是我自己写的。原本我就很喜欢*apartment*这个媒体，当他们向我约稿的时候，我一方面觉得荣幸，另一方面一旦开始下笔书写我的"生存困境"之后，很快就没有什么新鲜话题了。

没有话题之后，我形容我的生存困境为一个"沙袋"。这就是我对自己面临的困境的比喻。

装满沙子的袋子，自然是很沉重的。抱着它，有种错觉，仿佛自己逐渐下沉到沼泽之中。那向我的袋子里灌满沙子的又是谁？

一个就是那些所谓的多数派吧。当世界分成多数派和少数派的时候，那些来自多数派的同辈压力，不正是灌进少数派沙袋里的沙子吗？与多数派的价值观不相符的人就被贴上"怪人"的标签，被人戳脊梁骨，于是少数派的声音就被多数派的声音所湮没。

但是，原本并不存在什么多数派不是吗？所谓多数派，也不过就是迫于"大家都这样做"的压力而浑浑噩噩形成的集团，而聚集在这样集团中的个人，或许原应是个少数派。我觉得这非常遗憾。

当然，自己给自己的沙袋里灌沙子也是常有的。比如，拿自己与他人相比较。跟别人做无谓的攀比，再莫名其妙地陷入落寞或嫉妒里。又或者，尤其在网络世界中，自以为属于多数派的人，对少数派狠狠施以打击。这种行为无异于同时向别人和自己的袋子里灌沙子。

我们想扔掉沙袋没那么简单。但是可以一点点减少沙子的重量，或者代替沙子注入一些空气在里面，这样不就能让沙袋变成我们的"救生圈"了吗？我这样思考着，才终于能够完成我的连载。

"然而，我们还在活着。我们生活的这个世界，怎么这么'有毒'呢？"

这是我写在 *apartment* 上的一句话。我们是自杀倾向者，每天都有想死的念头，但到今时今日还暂未死去。那是因为，我们这个世界"有毒"。常有这样的事发生，那就是每当我下定决心赴死的那一天，偏偏就会发生什么好事。所以我又会莫名地开始期待，会不会明天也有好事发生呢？于是就又多活了一日。所以，我还写到过："我就是一边被神明欺骗，一边活着的。"尽管我不知道，这世上是否有神明存在。

如刚才所说，我眼中只见"今日"，最远也只能见"明日"。所以我才能做很多大胆的事吧。比如上电视节目的直播。尽管母亲很担心我，但我还是要做。如果失败了，那就到时候再说。因为到时候去死就完了。因此也可以说我接近自暴自弃，积极对"死"，消极对"生"。正因如此，我才能主动地选择不顾一切。

我的记忆不断消失。不论悲喜，都平等地、彻底地消失。我对此有所歉疚，但我无能为力，也就不再挣扎。假设我可以用长远的目光来思考人生，或许我会因"怎么又忘了"而郁郁寡欢。但是，作为眼中只见"今日"的我，除了"当下"和"这里"，别无其他。所以，即使忘记过去发生的事情，也只有感叹一句"唉，那就算了"便罢。这个过程不断重复。我也觉得自己活得不太负责任。他们总说我"活的就是眼前一刹那"。

○　　○　　○

2018年夏天，我在函授制大学的课上公开了自己患有ADHD和性别认同障碍。那年秋天，我参加了一场名为"自我展示"的活动。在活动中，我向大家介绍了我的人生，包括上述两种疾患和分离性身份识别障碍。

当我提到分离性身份识别障碍的时候，让我比较意外的是，听众们纷纷表示"原来是这样的感觉啊""原来还有这样的事情"。都是比较好意的反馈。我原本以为别人会被吓到，原来这世界比我想象中更温暖、更善良。

"善良"这个词，我愿把它分解成包含"理解""接受""共鸣"三层意思。或许，即使不理解、不接受、没有共鸣，也并不是单纯的否定或肯定而是中立地认为"虽然我不理解，但是的确有这样的人"。我想这也包括在"善良"的含义之中吧。

不管怎样，这些善良的人们，一定能够向我那名为"生存之苦"的沙袋里注入一些空气吧。

向别人公开，加上在note和推特上投稿，还有上电视节目之后，我发觉周围善良的人越来越多。用数字来说话就是我的推特粉丝出现了激增。当然，也有对我抱有恶意的人，以及一些看客。然而，那么多人愿意来了解我，这本身对我来说就有很重要的意义。他们了解我，说明同时也对这种疾病有所了解了。

如前所说，我觉得不加干涉也算一种善良的表现，因此，即使是看客也好，只要在推特上关注了我，我已经很满足了。相反，那些心怀恶意对我进行攻击的人的确是负面能量，但除此之外大部分人都是正面的。我把他们称之为让我能够活得更轻松的人。

那么，怎么才叫"活得轻松"？通俗来说就是能够活出自我。

不过，我虽然这样说，但在日常生活中还是不自觉就去想"在外人看来这样做才是正解吧"或者"考虑到别人的眼光应该这样做吧"。就是说，每天生活在来自多数派的压力之中。当然，这种时候刻意跟别人对着干也大可不必，然而还是要扪心自问："你真正想做的是什么？""原本想怎么做？"有时，圭一他们也会插话"我现在想学习"什么的，就是这样能够按自己的意志做选择才能够活得更轻松不是吗？

分身们也都拼命地让我活下去。他们自然是非常善良的人。当然，也许"你死了我们也得死"可能才是他们努力让我活着的最大的理由吧。不过，我要是死了，圭一就不能学习了，悟就见不到"出租先生"了，结衣也不能应援二宫和也了。

但对我来说，他们口中的"你得为了我们活着"对我造成不了太大的压力。刚才说他们"拼命"地让我活下去，其实我也没感受到其字面意思所带有的那种紧迫感。我想，那都是他们为了不让我负担太重而刻意为我着想的缘故。

假如外人让我"为了我们活下去"的话，对我来说是不能承受之重。我就会想去死。而且，既然是外人，那就是无法对我的人生负责的人。然而，我的分身们是一直陪伴我、对我人生负责的人，我身上发生的事也都会作用到他们身上。所以，我愿意倾听他们的心声。

文章的开头我说过我想考社会福祉士。那考上社会福祉士之后怎么办呢？说实话，我也不知道。对呀，我眼中只看得到"今天"嘛。

当然，至少我现在在"放学后日托服务公司"的工作还是会继续。在社会福祉士考试之前，我能够积累很多保育的实务经验，即使没考上社会福祉士，我也可以考取其他资格。这样，也可以从事制订孩子们的支援计划等更加责任重大的工作。总之，我希望能为儿童和他们的家长做一些贡献。

这世上，为生存而烦恼着痛苦着的人比我想象的还要多。所以，我希望能成为让他们能够安心的港湾。因此，今天的我正在为此不断学习。

（终）

13个人格寄语

数学和物理
圭一

量子力学
悟

我喜欢画画
灯真

学习
裕士*

我喜欢看书
悠

Profile .

我喜欢衣服和岚的二
宫和也

结衣

代解说

　　本书是由患有分离性身份识别障碍（下称"DID"）的当事人晴等人所著，是一部出类拔萃的有着患者亲身体验的手记。对于我们从事治疗的人员而言，这本手记带有"专业著作"的意义，本书对DID世界进行了细致入微的描写。对于我们来说，由于并未有过实际体验，因此想要真正意义上完全理解其内容是不可能的，因此，我们所能做的，就是尽可能地熟读、学习当事人的手记，驰骋我们的想象力，尽可能地与他的体验产生共鸣。

　　我作为精神科医生会遇到众多的DID患者，从她们（由于女性比例压倒性地高于男性，请允许我用此词来表示。"他们"二字无法反映现实。当然晴他们属于例外）的故事中，我可以看到一种场景，她们似乎都有着一种共通的"原型"。当然，每个人在细节之处都各有不同，但是，除去其个人特点之外，大体上形状都是一致的。具体来说是这样的。

　　她们多数情况下内心的空间很广阔，她们的内部世界具有非常丰富的视觉感。其空间深邃，很多时候有很多房间或者区域划分。似乎越向里走越是昏暗，分身们就在里面沉睡。

这个空间通常有一个中心舞台或者座位（晴他们的"驾驶舱"就是如此），由此与外界进行沟通。她们能够十分真实地体验该空间，并且可以清楚地区分该空间与外部世界。就像我们无论能多么真切地回忆起梦中的体验，也可以区分梦境与现实世界一样。

被称为主人格的人，通常很少从内部观察其他分身的活动。还有，基本上所有的分身都比主人格的实际年龄要小。以及，这些分身通常都是在某种不堪忍受的体验中突然地以基本完整的形态出现。

晴他们的手记中涉及的体验也基本上按照这个原型的思路呈现。在此之上的更加丰富的细节是属于他们自己的独特之处。他们将这些细节以尽量通俗的、简略的文笔表现出来，然而依然存在很多难懂之处。从该层面上来讲，本书亦算得上是"专业书籍"。这对无法实际体验DID的我们来说，是永远无法真正理解的。

分离性身份识别障碍（DID）和分离性障碍（DD）[①]的确非常容易被误解。尽管对于分离性障碍的了解与以往相比已经大有进步，但目前仍存在被专家误解和曲解的方面。有时，有人会将之归入装病或表演之列。但是，从晴他们的手记来看，我作为一个经常接触DID人士的人，能够明确地说，他们的体验符合很多其他DID人士的原型，同时，还存在许多只有亲自体验过的人才能描述的诸多详实内容。

同时，从诸多DID人士的体验中总结出的原型可以判断，罹患DID会在脑内形成一种特有的系统，该系统让人产生一定的心理体验，目前可知的是其起因于某种精神上的危机。但是，更多的细节依然成谜。当然，她们本人也对自己大脑中究竟发生了什么无从知晓。然而，其体验是真实发生的。我们作为治疗人员，要持续不断地致力

①"分离性身份识别障碍"属于"分离性障碍"的一种。

研究她们的大脑活动,同时一点一点去靠近她们的体验。

另一方面,可以看出,晴他们的体验自有他们的独特之处。谈论DID时经常涉及的原因比如性方面的,以及对身体的虐待等,在本书中没有出现。还有,粗暴的、破坏性的,我称之为"黑幕般的"人格也没有出现。不如说,他们的伤害体验根本上是源于性别认同障碍问题,以及来自母亲对晴的过度干涉。本书中对造成每个分身出现的相关事实做出了描述。我们时常见到这种倾向,即假如过去受过强烈的心理创伤以及受到过来自"黑幕般的"强大的压力,就会对DID患者产生深刻的影响,会限制患者的社会活动。然而,从他们的手记中基本看不出相关影响。我想这也是晴及其分身们表现出了极高的功能性,并且能够发挥自我展现和自我启蒙的能量和积极性的主要原因。当然,可能他们未必在手记中披露了全部的体验,对此我不做过多揣测。

说到我自己,受邀为本书作解说,对我来说也是一种全新的体验。我觉得,正是由于与晴他们素未谋面,也没有参与治疗,只是出于一名精神科医生的立场,我才能够问一些面对自己的来访者无法提出的问题,能够表达自己的一些思考。在临床心理学的世界里,对个人信息必须非常谨慎对待。即使某个分身允许将某种信息写成文章并发表,其他分身也有可能不允许。考虑到这种情况,我与进入治疗阶段的来访者的沟通所受的限制颇多。从此意义上讲,当事人能够成为协助者和共同合作者是应该加以珍视的。

我个人认为,应让DID人士的体验更加广为人知。因为,我觉得将DID理解为一种精神障碍是不合适的。一个人有多重人格,某种意义上属于一项特殊能力。和双性恋是一项能让两种性别都成为恋爱对象的特殊能力一样,既然双性恋不被视为精神障碍,DID也应如此。当然,DID患者的分身们身体和时间是有限的,有可能因此对生活产生一定阻碍。从此意义上来说，某些分身的表现可能被他人感觉到有一定的缺陷，但这能称之为精神障碍吗？我觉得不能。至少不是通常意义上的精神障碍。我认为原因多半来自社会对DID人士的不理解和误解，甚至是某种偏见。所以，她们应该更多地表现自己，从而让他人更加了解这个群体。所以，晴他们的尝试意义非常重大，他们也可能因此而招致更多的误解和非难，但毫无疑义，他们的尝试是一种十分勇敢的行为。

我受邀撰写本书解说，我是一名精神科医生，然而却并不认为自己是治疗分离性障碍的专家。的确，我的很多患者是DID人士，但那是因为我在美国接受精神分析训练时，较早地接触过由于心理创伤而导致障碍的人士，并且还因为后来我在撰写关于DID的临床治疗相关论文时，很多精神科医生为我介绍了患者。所以，我与分离性障碍病症的邂逅是一种偶然。有一点我可以明确，分离性障碍患者的世界让我们看到了这样一种现实：它会推动我们对一直以来的心智理论进行一些根本性的改变。我有机会见证这种改变，实在荣幸之至。

最后，我要向我的同行——那些给与晴他们支持，理解他们的世界，并为他们提供安全环境的主治医生——致敬。

京都大学教育学研究科　冈野宪一郎

BOKU GA 13NIN NO JINSEI WO IKIRUNIWA KARADA GA TARINAI by haru

Copyright © 2020 by haru

All rights reserved.

Originally published in Japan by KAWADE SHOBO SHINSHA Ltd. Publishers, Tokyo.

This Simplified Chinese edition is published by arrangement with

KAWADE SHOBO SHINSHA Ltd. Publishers, Tokyo c/o Tuttle-Mori Agency, Inc., Tokyo

图字：09-2021-610 号

图书在版编目（CIP）数据

我的身体里住不下 13 个人 /（日）晴著；杨婉蘅译
. —上海：上海译文出版社，2023.5
ISBN 978-7-5327-9175-0

Ⅰ.①我…　Ⅱ.①晴…　②杨…　Ⅲ.①中篇小说—日
本—现代　Ⅳ.① I313.45

中国国家版本馆 CIP 数据核字（2023）第 070370 号

我的身体里住不下 13 个人
　[日]　晴　著　杨婉蘅　译
责任编辑 / 衷雅琴　薛　倩　装帧设计 / 胡　枫　罗莉雅

上海译文出版社有限公司出版、发行
网址：www.yiwen.com.cn
201101 上海市闵行区号景路 159 弄 B 座
启东市人民印刷有限公司印刷

开本 890×1240　1/32　印张 5.25　插页 2　字数 69,000
2023 年 5 月第 1 版　2023 年 5 月第 1 次印刷
印数：0,001—8,000 册

ISBN 978-7-5327-9175-0/I·5706
定价：42.00 元